우리네 마음속에는 이야기가 산다

우리네 마음속에는 이야기가 산다

광주대학교 1학년 학생 58명 글 · 김찬곤 엮음

사이사이의 힘

그 일은 왜 잊히지 않는 이야기가 된 것일까

이 책에 엮은 글 58편은 지난 2014년부터 2017년 1학기까지 광주대학교 1학년 학생들이 쓴 글이다. 나는 학기마다 학생들과 함께 '잊히지 않는 이야기' 쓰기 수업을 하고 있다. 태어나서 지금까지 살아오면서 한 일, 본 일, 들은 일 가운데서 자신의 가슴속에 깊이 남아 있는 이야기를 붙잡아 쓰는 수업이다. 글을 쓰기에 앞서 일본 고등학생·주부·할아버지가 쓴 글을 놓고 같이 읽는다. 우리 학생들이 쓴 글도 있지만 일부러 우리와 좀 다른, 일본 사람이 쓴 글을 보여 준다. 한 번은 우리 학생들이 쓴 글 가운데서 감동 있는 글을 골라 같이 읽고 썼더니 그와 비슷한 글이 많이 나왔다. 그 뒤로는 일본 사람 글을 보여주고 있다. 이때 학생들은 보기글을 읽으면서 자신이 쓰고 싶은 글감을 잡는다.

학생들이 쓴 글 653편 가운데 58편을 묶었다. 너무 깊게 들어가 싣지 못한 글이 참 많다. 그런 글은 자신의 '상처'를 쓴 글이다. '잊히지 않는 이야기'를 다른 말로 하면 '잊히지 않는 기억'이 될 것이다. 우리는 모든 일을 기억하지 못한다. 어제 일도 기억나지 않을 때가 있다. 그런데 수십 년 전 어떤 일은 마치 어제 일처럼 생생하다. 몸짓도 눈빛도 목소리도 또렷하다. 우리가 어떤 일을 '망각'하지 못하고 기억한다는 것은 그 일이 '사실'이어서가 아니라 대개 '상처'로서의 기억이기 때문이다. 그 상처는 어느 순간 불쑥불쑥 떠올라 우리를 힘들게 한다. 그 일을 글로 쓴다는 것은 누군가에게 자신의 마음을 털어놓는 것이고, 그것만으로도 위안이 되고 힘이 된다. 그래서 이 수업은 학생들에게도 나에게도 소중하다.

'삶을 가꾸는 글쓰기'라는 말이 있다. 글을 쓰는 일이 삶을 가꾸는 것하고 무슨 상관이 있느냐, 할 수도 있을 것이다. 우리가 글을 쓴다는 것은 누군가에게 말을 하는 것과 같다. 우리는 복잡하거나 힘든 일이 있으면 곁에 있는 사람에게 속 시원하게 털어놓아야 비로소 진정이 된다. 만약 그것을 자신의 가슴속에 꼭꼭 묻어 놓고 삭인다면 '임금님 귀는 당나귀 귀'의 복두장이처럼 마음에 병이 날 것이다. 그래서 자신의 삶을 쓰는 글쓰기는 마음을 다스리는 약이 되고, 삶을 살찌우는 보약이 된다. 내가 우리 학생들과 '잊히지 않는 이야기'를 해마다 쓰는 까닭도 바로 이 때문이다.

2014학년에 만난 친구들은 올해 졸업반이다. 내심 마음이 급해 전화를 하고 만났다. 학생들은 3년 전 자신이 쓴 글을 정확히 '기억'하고 있었다. 마치 어제 냈던 보고서를 말하는 듯했다. 그만큼 그 기억은 잊히지 않는 이야기인 것이다. 대체 그 일은 왜 잊히지 않는 이야기가 된 것일까. 그것은 모두 글 속에 나와 있다. 이야기의 본줄기나 어느 한 구절에 명확히 나와 있는 것도 있고, 곁가지에 스쳐가듯 써 놓은 한마디나 낱말 하나에 담겨 있기도 한다. 이 책을 읽는 독자들은 이것을 잘 헤아려 읽어 주었으면 좋겠다. 이름을 밝히지 않은 글이 몇 편 있다. 글을 쓴 학생과 의논해 이렇게 하자고 결정했다. 이보다 더 깊이 들어간 글도 꽤 있지만 실을 수 없었다. 그것은 다음 기회에 따로 묶어 볼 생각이다.

이 수업을 할 때 나는 잔뜩 긴장을 하고 강의실에 들어간다. 가서 맨 먼저 하는 일은 시험을 치듯 자리를 벌려 놓는 일이다. 다른 무엇보다도 이 일이 중요하다. 이렇게 해야 글에 집중할 수 있다. 그런 다음 보기글을 읽고, 쓰는 방법을 가르쳐 주고, 쉬는 시간 없이 바로 글을 쓰게 한다. 쉬는 시간을 가져 버리면 긴장이 풀어지고 맥이 끊겨 버린다. 학생들의 연필 소리가 아직도 생생하게 '기억'난다. 나는 이 소리가 좋다. 올 2학기에도, 내년에도 나는 이 수업을 할 것이다.

2017년 9월

김찬곤

차례

셋

겨울날의 기억

넷

내 마음속 똥개

다섯

샛노란 바나나

여섯

할아버지와 나비

하나

일하면서 공부하고

나는 정말 시간이 빨리 흘러갔으면 좋겠다는 생각을 끊임없이 했다.
안 해 본 사람은 모른다.
허리가 끊어진 기분이란 게 이런 거란 걸 알겠다.

나의 첫 사회생활

작업치료학과 김효진

이야기는 내가 첫 실습 나갔을 무렵 19살 때 이야기다. 나는 인문계 고등학교가 아닌 특성화 고등학교를 나왔다. 그래서 고등학교 3학년이 되면 취업을 나가는데, 나는 다른 아이들과 다르게 더 빨리 취업을 나갔다. 가기 전에 자기소개서를 내고 면접도 보았는데 합격이 된 것이다. 그런데 면접 보고 며칠 되지 않아 바로 가야 한다는 말을 들었을 때 심장이 쿵 하고 내려앉았다. 아직 마음의 준비도 되지 않았고 친구들이랑 식구들과 헤어지기도 싫고 막상 학교를 떠난다니까 학교도 다니고 싶었기 때문이다. 한편으로는 지금까지 벌지 못했던 큰돈을 벌 수 있다는 생각에 설레었다. 빨리 돈 벌어서 부모님 용돈도 드리고 옷도 사 주고 내 통장에 100만 원 넘는 큰돈이 들어온다는 생각도 들었다.

나는 마음을 단단히 먹고 준비를 했다. 친구들과 더 좋은 시간을 보내려 했고 가족들한테는 투정 부리지 않고 웃는 얼굴로 지내기로 했다. 그리고 이제 가야 할 날이 와서 짐을 싸는데 괜히 눈물이 났다. 부모님이랑 떨어져 지낸 적이 없어서 그게 너무 겁이 났고 솔직하게 가기 싫어서도 눈물이 났다. 가기 싫으면 안 가도 되는데 그때는 딱 한 가지 생각, '돈 많이 모아서 부모님 용돈 드리자'는 생각으로 꾹 참고 짐을 쌌다. 다음 날이 되어 부모님이 터미널까지 데려다 주었다. 나는 버스를 타기 전에 부모님을 안으면서,

"엄마 아빠, 잘 갔다가 올게. 휴가 주면 그때 내려올게."

나는 이 말밖에 못하고 버스에 올라탔다. 사랑한다는 말을 해 주고 싶었는데 못했던 게 아직도 아쉬운 맘이 든다. 가서 정말 잘하자는 마음으로 노래를 들으면서 일할 곳으로 갔다. 내가 일한 곳은 수원화성 바른전자였고, 내게는 정말 먼 지역이었다.

도착하니까 방진복을 입고 마스크를 한 사람들이 보이고 시끄러운 기계 소리가 들렸다. 나는 적응이 잘 안 되어 그저 어리둥절했다. 그래도 내가 일할 곳이니 차근차근 둘러보면서 잘 따랐다. 일단, 급여는 어떻게 받고 어디서 사는지 이런저런 필요한 사항을 이야기해 주었다. 그러고 나서 일할 동안 지낼 집을 가 보았다. 원룸으로 되어 있는데 나쁘진 않았다. 다른 학교에서 온 학생들도 많았다. 나는 낯을 많이 가려 친해질 기회가 보이지 않았는데 밥을 먹으면서 쉽게 친해졌다. 친구들도 마음이 잘 맞았고 착한 친구들이었다.

하룻밤을 자고 일주일 동안 교육을 받는다고 했다. 그래서 아침 6시에 일어나서 준비하고 일할 곳에 가는데 아침에 일어나는 게 정말 죽을 맛이었다. 집에서는 항상 엄마가 깨우는 고함소리를 들으며 8시에 일어나 천천히 준비하면서 학교에 가곤 했는데 여기서는 그럴 수

없다는 것이 슬펐다. 일할 곳에 가서 무엇을 만들고 무엇을 검사하는지 공정을 설명해 주었다. 내가 간 곳은 USB, 이동식 메모리카드를 만드는 공장이었다. 교육을 8시부터 5시까지 들었는데 지루하고 졸리고 난리였지만 참고 잘 들으려고 했다. 교육생이 대략 15명쯤 되었다. 교육을 일주일 동안 듣다가 그만둔 아이도 있었다. 난 절대 그만두지 말고 다니겠단 마음으로 즐겁게 다녔다. 교육 받는 동안에는 친구들과 떨어지지 않고 같이 교육 받아서 재밌었다.

교육을 받고 나서 이제 일하는 공정이 나누어졌는데 나는 품질을 검사하는 공정에 들어갔다. 다른 아이들도 각자 일하는 공정이 나누어져서 떨어졌는데 이제 혼자 이겨내야 한다는 게 너무 부담감이 컸다.

방진복을 입고 마스크를 하고 공장 안으로 들어가서 일을 배우는데 정말 무슨 말을 하는지 모르겠고 너무 생소했다. 하지만 나는 마지막으로 검사를 하는 사람이니 제대로 해야 한다는 마음으로 열심히 배웠다. 혼나기도 엄청 혼나고 울기도 많이 울었다. 나를 가르쳐주는 멘토 언니한테 정말 많이 혼났다.

"너, 고등학교는 나왔냐?"

"이런 것도 못하냐?"

"너, 정말 답답하다!"

진짜 집에 가고 싶고 부모님이 보고 싶었다. 그런데 이런 상황에 감기 몸살이 난 것이다. 너무 우울하고 부모님 품을 떠나 먼 곳까지 와서 아프고 하니까 더 아픈 것 같고 투정 부리고 기댈 곳도 없는 나에겐 감당할 수가 없는 순간이었다. 진짜 눈물이 핑 돌았다. 하지만 아파도 꾹 참고 병원 가서 주사 맞고 일을 빼먹지 않고 씩씩하게 마음을 먹고 일을 배웠다. 나만 아프고 힘든 게 아니라 다른 친구들도 아프고 힘들어서 그만두는 친구들이 점점 늘어 가고 있었다. 그럴 때마다 나는 점점 웃음이 없어지고 슬펐다.

그리고 두 달이 지나고 15명에서 2명으로 줄어들었다. 모두가 다 그만두고 나와 친구 한 명이 남았다. 이제 서로 기댈 수밖에 없고 친구들이 없어 더 힘들었다. 물론 들어올 때 내 목표인 돈을 모아 부모님 용돈 드리는 건 성공했다.

엄마에게 전화가 왔다.

"고맙다, 효진아. 아프지 말고 밥 잘 챙겨 먹고 일 열심히 해."

나는 말을 할 수가 없었다. 그저 눈물만 흐르고 있었다. 나는 도저히 힘들다는 말을 못했다.

"응, 엄마. 나 휴가 나가면 맛있는 거 해 줘."

하고 전화를 끊었다. 하지만 나는 정말 그만두고 싶단 생각이 마구 들었다. 그래서인지 일할 의욕도 없어지고 모든 게 하기 싫어졌다. 나는 며칠 뒤 밤에 엄마에게 전화를 걸었다.

"엄마, 나 그만두고 싶어. 친구들도 다 그만두고 너무 힘들어."

울면서 말했다. 엄마는,

"그럼 내려와. 네가 정 힘들면 그만두고 내려와. 고생했어."

하면서 나를 다독여 주었다.

나는 엄마에게 너무 감사했다. 더 버티라고, 안 힘든 일이 어디 있냐고, 하면서 냉정하게 대답할 줄 알았는데, 엄마도 내 마음을 느꼈는지 위로해 주었다.

나는 퇴사시를 제출하고 남은 친구한테,

"먼저 가서 미안해. 아프지 말고 밥 잘 챙겨 먹고 열심히 일하고, 연락하면서 지내자."

하고 짐을 싸서 내려왔다.

그렇게 나의 첫 사회생활은 끝이 났다. 정말 느낀 게 많았던 시간이다.

지금도 나는 엄마의 "고생했다"는 말이 너무 가슴에 와 닿는다. 고작 석 달 동안 일한 게 고생한 것인지 생각해 보았는데, 우리 부모님은 하루도 안 빠지고 매일매일 우리를 위해 뼈 빠지게 일을 하신다. 이러니 몸이 안 아픈 날이 없으신 것 같다. 식당일을 하시는 우리 엄마는 항상 어깨를 주물러 달라 하시고, 차를 고치는 아빠는 허리에 파스를 붙이고 우리를 위해 일을 나가신다. 그동안 나는 부모님이 일 다녀오면 "수고했어요!" 이런 말을 해 준 적이 없다. 너무 죄송스럽다. 내가 사회생활을 해 보니 부모님은 항상 고생하시고 힘들어도 우리를 위해 참고 일하시는구나, 하고 뼈저리게 느꼈다. 아직 늦지 않았으니 부모님이 일 갔다가 들어오시면 "오늘도 수고했어요." 하면서 어깨를 주물러 드릴 것이다.

첫인상

항공서비스학과 김선유

이번 사건은 내가 고등학교 졸업을 한 달 앞두고 첫 아르바이트를 하면서 발생한 일이다. 내가 아르바이트를 하는 곳은 광주 금호지구 '카페 바리에' 레스토랑이다. 이 레스토랑은 100평이나 되는 넓은 가게이고, 파스타와 피자를 먹으면서 커피도 함께 즐길 수 있는 식당이다. 내가 생각했을 때 우리 레스토랑은 '해산물 빠쉐 파스타'와 '베이컨 시금치 피자'가 가장 맛있는 것 같다. 개업했을 때 그곳에는 매니저, 부매니저, 트레이너님이 계셨지만, 매니저님이 그만두셔서 지금은 트레이너님과 점장님 두 분뿐이다.

첫 면접을 보는 날 내 인상이 강하고 차가운 편이라서 그런지 항공서비스학과에 재학할 것이라고 말한 내 눈빛을 매니저님은 의심하는 것 같았다. 다시 말하자면, 19살이라고 하기에는 노안인 내 얼굴과 사나워 보이는 이미지가 항공서비스학과와는 어울리지 않는다고 생각하신 것 같다. 그렇지만 나는 나름 내 전공에 자부심을 가지고 있었기에 그 눈빛과 생각을 신경 쓰고 싶지 않았다.

나는 그렇게 면접을 보고, 상차림 서비스하는 방법, 일하면서 쓰는 물품 보관 위치를 차근차근 배워 나가고 열심히 했다. 일을 시작한 지 2주 동안은 적응도 안 되고 레스토랑 사람들과 친해지지 않은 상태였기 때문에 일을 할 때마다 긴장하고 떨렸다. 그래서 그런지 실수도 잦았고 정신을 놓는 일도 많았다. 하지만 시간이 흐를수록 나는 일하는 실력이 늘어갔고 레스토랑이 내 집처럼 편한 곳이 되었다. 또한, 하나둘씩 서비스에 대해 많은 것을 배웠다.

그러던 어느 날 일하던 도중 매니저님이,

"선유야, 왜 얼굴을 찌푸리니? 손님들 계시는데 인상 펴야지?"

하셨다.

나는 아무런 표정도 짓고 있지 않았는데 매니저님이 그렇게 말을 하니 속이 상했다. 게다가 서비스가 전공인 나의 무표정을 보고 "왜 표정을 찌푸리니?" 하신 매니저님에게 조금 화도 났다. 더구나 웃으라는 말을 단 한 번만 들었다면 그 부분에 대해 마음 쓰지 않고 흘려버렸을 것이다. 하지만 매니저님은 한두 번도 아니고 열 번도 넘게 나에게 웃으라는 말을 하셨다. 고등학교 3학년 때 수시면접과 수능으로 받은 스트레스보다 더 많은 스트레스를 받았다.

어느 날 나는 울음을 터트리고 말았다. 나는 고등학교 2학년 때부터 승무원 학원에 다니면서 항공서비스학과를 가기 위해 날마다 웃는 연습을 했다. 그러한 나에게 웃으라는 말은 상처 아닌 상처였다. 그 뒤 나는 나의 무표정이 사납다는 것이 너무 싫었고 웃는 얼굴로 성형하고 싶다는 생각도 하였다. 그리고 혼자 "태어나기를 차갑고 정이 없어 보이는 얼굴로 태어났거늘, 나더러 뭘 어쩌라는 건지." 투덜댔다. 그렇지만 나의 이런 마음을 모르는 매니저님은 눈치도 없다. 나는 '내가 무슨 웃는 기계인 줄 아시나?' 생각했다.

엄마는 내 말을 듣고 위로해 주면서 "네가 미워서 매니저님이 그러는 것이 아닐 거야. 아직 매니저님이 우리 선유 매력을 모르시네!" 하셨다. 말이라도 엄마의 위로는 나에게 많은 도움이 되었다.

그렇게 두 달 정도가 지났고 매니저님이 갑작스럽게 "선유야, 얼굴이 많이 폈네? 인상 좋아졌구나!" 하셨다. 중요한 것은 나는 그 순간 전혀 웃고 있지 않았다는 것이다. 그 일로 깨달은 것은 첫인상이 상대방의 이미지를 결정한다는 것과 그 이미지가 바뀌는 데에는 시간과 노력이 필요하다는 것을 알았다.

내 첫인상 때문에 매니저님은 내 모든 행동과 낯빛에 웃으라고 하셨지만, 내 성격과 마음씨를 다 파악한 두 달 뒤 매니저님은 두 달 전과는 나를 대하는 것이 전혀 달랐다. 매니저님이 괜히 내가 미워서 호통을 친 것이 아니었다. 매니저님 눈에는 내 첫인상 때문에 정말로 내가 웃고 있지 않은 것처럼 보인 것이다.

10개월이 지난 지금도 나는 이곳에서 일하고 있다. 그러나 매니저님은 계시지 않는다. 10개월 동안 아르바이트를 하면서 많은 진상 손님도 만나고 스트레스를 받는 일도 일쑤지만, 나에게는 버텨 나가야 할 부분이라고 생각한다. 또한, 그러한 부분에 대해 참지 못하면 나는 나 자신에게 지는 것으로 생각하기에 항상 밝고 긍정적인 자세로 모든 일을 한다.

매니저님을 통해 배운 것이 지금 사회생활을 하는 나에게는 많은 도움을 주었다. 첫인상을 항상 밝고 환하게 해야 한다는 것과 어느 순간에도 찡그리지 않고 웃어야 한다는 것이다. 그것이 바로 "서비스의 길을 걸어가야 하는 나에게 가장 중요한 것이 아닐까?" 생각한다.

내 끈기를 보여 준 것

관광경영학과 김영주

나에게 잊히지 않는 이야기는 많을 것 같지만 막상 생각해 보면 오래돼서 그런지 짤막하게 부분부문만 생각이 나고 길게는 잘 생각나지 않는다. 그래서 몇 달 되었지만 아직까지도 생생하게 생각나는 나의 알바 경험을 써 보려고 한다. 성인이 되기 전까지 한 번도 알바를 해 본 적이 없어서 다른 집에 가서 돈을 받고 일하는 알바를 한다는 것은 나에게 큰 도전이기도 했다.

수능이 끝나고, 스무 살이 되던 1월부터 알바 자리를 찾았다. 알바천국 사이트에서 첫 알바를 찾았다. 우리 집 옆 동네에 있는 시카고 피자 가게였다. 나는 면접에 합격하고 다음 날 출근을 했다. 하지만 사장님의 착오로 필요 없는 알바생이 한 명 더 구해졌다. 그래서 경력이 없던 나는 하루 일하고 잘리게 됐다. 그렇게 상처를 받은 뒤 두 번째 알바를 하게 됐다.

집에서 10분 거리에 88켄터키 치킨에서 일하게 됐다. 내가 사는 동네는 아파트와 빌라는 많지만 마땅한 술집도 없고, 동네 맛집도 거의 없는 조용한 동네이다. 막 알바를 시작했을 때는 손님이 많은 편은 아니었다. 하지만 시간이 지나고 값도 싸고 맛있다고 소문이 났다. 게다가 인테리어도 보통 술집이 아니고 편안한 호프집처럼 생겨서 가족들이 와서 먹거나 단체 회식하기에도 좋아 손님이 많아졌다. 그래서 많이 바빴지만 그만큼 일에 빨리 적응을 해서 능숙하게 일을 할 수 있게 됐다. 손님이 많아진 만큼 진상 손님도 늘어났다.

어느 날 오픈 준비를 하고, 저녁 시간이 되어서 손님들이 가게에 들어서기 시작했다. 저녁 9시쯤에 20대 후반 30대 초반으로 보이는 남자 손님 둘, 여자 손님 한 명이 들어와 자리에 앉아 치킨과 참이슬 한 병을 시켰다. 그런데 내 실수로 잎새주를 가져다 드렸다. 남자 손님 한 분이 소주 뚜껑을 따고 난 뒤 참이슬이 아닌 것을 알고 벨을 눌러 내게 따졌고, 나는 무슨 일인지 몰라 확인해 보고 난 뒤 죄송하다 말하고 소주를 바꿔 드린다고 했다. 그런데 갑자기 비웃으며 "야!" 반말을 하면서 기분 나쁜 말을 했다. 나머지 일행은 듣고만 있다가 상황이 심각해져서 나를 돌려보냈다. 내 잘못이긴 했지만 정중히 사과드리고 술도 바꿔 드린다고 했는데 그런 소리를 들어서 너무 화가 났다. 울컥했지만 나는 '을'이었기 때문에 참을 수밖에 없었다. 그러고도 이 손님은 나를 엄청 깔보는 태도로 계속 반말을 했고, 가게 마감 시간이 돼도 나가지 않았다. 그래서 그 손님들에게 가서 1시에 마감이라고 했다. 그랬더니 그 남자가 "몇 시라고?" 묻길래 나는 "1시 마감이오." 했고, 그 남자가 다시 "아니, 지금 시간이 몇 시냐고? 말귀를 못 알아먹네." 하면서 화를 냈다. 내 알바 인생 중에 최대 고비가 그때였을 것이다. 너무 화가 났고 소주병으로 사람을 때리고 싶다는 충동이 처음 들었다. 하지만 뒷수습을 할 용기가 나지 않아 차마 실행에 옮길 수는 없었다.

이 일 말고도 다른 일도 있다. 대학생 여섯 명이 2차로 가게에 와서 배부르다고 치킨 한 마리와 맥주를 시켰다. 그런데 그중에 술이 많이 취한 분이 다짜고짜 벨을 누르면서 왜 서비스를 안 주냐고 난동을 부렸다. 나는 이 정도로는 서비스가 나가지 않는다고 말씀드리고 돌아왔다. 그랬더니 벨을 계속 누르면서 나를 불렀다. 자기는 전남대 학생인데 너 어디 학교냐고 물으면서 일을 방해하고, 주변 손님들에게 폐를 끼쳐서 결국 사장님이 나서서 상황이 정리됐다.

어떤 손님은 천 원이나 몇 백 원 내기 싫어서 나에게 깎아 달라고 하는 분도 있다. 그리고 전화로 포장 주문 해 놓고 찾으러 오지 않는 손님도 있었다.

호프집이라 그런지 술에 취한 사람들이 시비를 거는 일이 빈번하게 일어나서 난감했던 일이 많았다. 술에 취하신 아저씨가 화장실이 어디냐고 물어봐서 화장실을 가리키면서 "저쪽입니다." 하고 알려드렸는데 왜 손가락질하냐고 화를 냈다. 나는 손을 뻗어서 알려 드렸고, 손가락질은 하지도 않았는데 술에 취해서 잘못 알아듣고, 내게 시비를 걸어서 상당히 기분이 좋지 않았다. 그리고 화장실 앞에서 다른 여성과 시비가 붙어서 가게 분위기를 흐렸고, 사장님이 여성분에게 사과를 드려서 일이 마무리됐다.

알바를 하면서 여러 사람들이 있다는 걸 알았다. 이렇게 진상 손님도 많았지만 고생한다고 말해 주는 손님도 계셨고, 칭찬해 주면서 용돈도 주는 분도 계셔서 생각보다 오래 일할 수 있었다. 물론 사장님과 동료 친구들도 재미있고 잘해 줘서 첫 알바를 잘 마무리할 수 있었다. 다양한 경험을 해서 내 인생에 잊지 못할 일도 생겼고, 힘들다고 쉽게 포기하지 않는 마음도 생겼다.

처음에 알바를 구할 때는 돈이 급한 것도 아니고 사회생활을 하면서 경험을 쌓자는 취지여서 '힘들면 그만두면 되겠지.' 하는 마음이었는데 알바를 하면서 '힘들어도 일단은 참고 할 수 있는 데까지 해보자'는 마음가짐을 가지게 됐다. 그리고 인내심도 생기고, 나에게 없을 줄 알았던 끈기가 보이는 것 같아 좋았다. 내성적인 성격이라 다른 사람과 일하면서 잘 지낼 수 있을까, 걱정했지만 잘 적응하고 사회생활을 경험할 수 있어서 좋았다. 일하면서 무거운 걸 많이 들어 허리가 안 좋아져 그만두게 되었지만 앞으로 어떤 일을 하더라도 앞날을 위해 쉽게 포기하는 마음을 갖지 않으려고 한다. 끈기를 가지고 나 자신의 약한 모습을 쉽게 보이지 않도록 할 것이다.

알바의 추억

유아교육과 양수진

지난 1월 18일부터 나는 전남대학교 앞 아트박스 2층에 있는 미스터 피자 피자집에서 내 인생의 첫 아르바이트를 시작했다. 처음 하는 아르바이트라서 모든 것이 어설펐다. 음료를 손님에게 쏟기도 하고 실수도 잦았다. 그래서 일을 배우며 언니들과 점장님에게 혼나기도 하고 아르바이트가 끝나고 집에 돌아오는 길에 혼자 많이 울었다. 또 나는 낯가림이 심한 편이라 아르바이트생들과 친해지는 것도 힘들었다. 일을 시작한 지 3개월이 지나서야 연락처를 주고받으며 사람들과 친해지고 일에 적응하기 시작했다.

전남대학교에는 언어교육원이 있어 다른 매장보다 외국인 손님이 많다. 사건이 있던 그날도 유난히 손님이 많아 정신이 없는 날이었다. 오후 7시쯤 체격이 좋은 흑인 외국인 손님 둘이 왔다. 아르바이트생 중에 영어를 잘하는 사람이 없어 다들 외국인 손님을 피했다. 나도 영어를 잘하는 편이 아니라 겁을 먹고 피하려 했는데 손님과 눈이 마주쳐서 어쩔 수 없이 내가 주문을 받게 되었다. 당황하지 않고 테이블에 다가가 메뉴판 속 사진과 온갖 보디 랭귀지를 써 무사히 주문을 받았다. 그렇게 끝난 일이라 생각했는데 일은 30분 뒤 피자가 나가고 나서 터졌다.

나는 손님이 나간 테이블을 정리하고 있었다. 그런데 갑자기 아까 그 외국인 손님이 화난 목소리로 나를 찾았다. 이런 일은 처음이라 많이 당황했다. 손님은 피자 속 토핑을 가리키며 이게 뭐냐고 물어봤고 나는 고기라고 답했다. 그러자 손님은 큰소리치며 영어로 화를 내기 시작했다. 영어를 다 이해하진 못했지만, 억양이나 표정만으로도 많이 화가 난 것을 알 수 있었다. 나는 겁을 먹고 그 자리에 얼어붙어 있었다. 마치 영화 속 한 장면 같았다. 식사하던 다른 손님들이 구경을 오고 소란스러워지자 결국 미국 유학을 다녀온 매니저님이 오셔서 손님을 진정시키고 나는 피자를 가지고 주방으로 돌아왔다. 나도 모르게 눈물 한 방울이 또르르 떨어졌다. 대화를 마치고 돌아온 매니저님이 손님은 분명히 주문할 때 고기를 안 먹는다고 나에게 말했다고 한다. 하지만 나는 주문 받을 때 어떠한 특이 사항도 듣지 못했다. 결국, 고기를 다 빼고 피자를 새로 만들었고 원래 피자 값은 내 월급에서 깎였다. 직원 할인을 받았지만, 당시 최저 시급도 못 받는 나에게 26,900원은 6시간을 일해야 벌 수 있는 큰돈이었다.

내가 먹지도 않은 피자 값을 내야 하다니 너무 서러웠다. 그때에는 내가 정말 잘못한 것으로 생각했지만 나중에 생각해 보니 '채식주의자들을 위한 베지테리언 피자가 따로 있는데도 굳이 고기가 들어간 피자를 골랐어야 했나?' 하는 생각이 들면서 그 손님이 너무 원망스러웠다.

지금까지 10개월 동안 아르바이트를 하면서 참 많은 일이 있었고 그때마다 많은 것을 배웠다. 세상에는 정말 이상한 사람이 많다는 것과 내가 잘못한 일이 아닌데도 죄송하다 해야 하며 내가 하지 않은 일에도 책임을 져야 한다는 것이다. 그리고 주문 전화를 받으면 사람들이 얼굴이 안 보인다는 이유로 반말하거나 욕을 하는 경우가 종종 있다. 그때마다 전화를 뚝 끊고 싶은 마음이 굴뚝같지만 참고 또 참고 최대한 상냥한 목소리로 전화를 받아야 한다.

일하면서 전화 상담원들의 마음을 알게 됐다. 또 식당이나 카페에 갈 때 태도도 변했다. 예전에는 테이블을 지저분하게 쓰고 아르바이트생이 말을 해도 잘 듣지 않고 대답도 하지 않고 서빙을 할 때 감사하다는 말도 하지 않았는데 이제는 내가 쓴 쓰레기는 한곳에 모아 놓고 다 먹은 뒤에는 접시를 정리하고, 물 한 잔을 가져다주더라도 감사하다는 말을 꼭 한다.

나중에 직장 생활을 하거나 어떤 집단에 가서 일하게 되었을 때 아르바이트 경험을 통해 좀 더 잘 적응하고 위기 상황에 잘 대처할 수 있을 것 같다.

고진감래

유아교육과 이지수

저는 라라코스트 레스토랑에서 아르바이트를 하고 있습니다. 평일에도 사람이 많이 오는 음식점이라 주말에는 두말할 것 없이 많이 바쁩니다. 특히 오전 11시부터 1시까지 오후 5시부터 8시까지가 가장 바쁜 시간입니다. 또한, 저는 가게에서 홀 서빙을 맡고 있어 손님 자리 안내, 주문 받기, 음식 서빙, 계산, 뒷정리를 하는데 다른 사람들보다 두 배나 더 바쁩니다.

제가 오전 10시부터 오후 10시까지 완전히 일하는 날이었습니다. 토요일이라 친구들끼리 많이 오고 가족들도 외식하러 많이 와서 평일보다 훨씬 더 바쁜 날이었습니다. 오후 6시쯤 한 가족이 들어왔는데 아빠, 엄마, 두 살쯤 되어 보이는 아기가 왔습니다. 저는 자리 안내를 해 드리고 주문을 받았죠. 그리고 몇 분 뒤 음식이 나와서 서빙을 하는데 그 음식은 해물 토마토 파스타였습니다. 파스타 온도를 유지하기 위해 뚝배기를 뜨겁게 달구고 나가는 음식인데 제가 그 음식을 서빙하다가 아기 유모차에 발이 걸려 넘어지고 말았습니다.

이미 제 손은 달궈진 뚝배기에 데고 제 옷과 신발, 한마디로 온몸에는 토마토 소스가 범벅이 되었습니다. 그때 저는 제가 어떤 상태이고 얼마나 아픈지도 알아차리지 못했는데, 그 이유는 제가 넘어지면서 토마토 소스가 아이 옷에 튀어 유모차에 있던 아기가 엄청나게 울음을 터트렸기 때문입니다.

가게 안 많은 사람은 아이가 화상을 입은 줄 알고 모두 난리가 났습니다. 아이의 부모님도 무척이나 놀라서 소리를 지르고, 다른 손님들도 아이에게 몰려서 어떡하느냐고 빨리 병원에 가 보라고 아이 옷을 벗기며 가게 안 모든 사람이 아이를 걱정했습니다. 저도 아이가 잘못된 줄 알고 너무 놀라고 무서워서 눈물이 났습니다. 저는 울면서 토마토가 범벅 되어 있는 손으로 아이 옷에 묻은 걸 닦아 주었습니다. 그리고 부모님은 아기를 데리고 병원으로 갔습니다.

저는 무섭고 놀란 마음을 달래 보려고 화장실로 갔는데 눈물이 나서 펑펑 울어 버렸습니다. 울면서 저는 많은 생각이 들었는데, 아르바이트의 서러움과 만약 나도 이 자리에 우리 부모님이 계셨다면 내가 어떻게 되진 않았을까, 많이 다치진 않았을까 걱정해 주셨을 텐데, 이런 생각도 들었고 아기가 정말 화상을 입었다면 나는 이제 어떻게 해야 할까, 사장님에게는 어떻게 말씀을 드려야 할까, 지금 화장실을 나가면 사람들이 나를 어떤 눈으로 바라볼까, 많은 생각이 들어 더욱 눈물이 났습니다.

한참을 울고 나서 정신을 차려 보니 제 손과 다리가 너무 후끈후끈하다는 것을 알고 찬물로 씻어 보려고 세면대로 가서 손을 씻는데 제 손이 엄청나게 빨개져 있고 옷은 다 젖어 있고 신발과 모든 곳에 토마토 소스로 뒤덮여 있었습니다. 다행히 손을 제외하고 많이 다친 곳은 없었지만, 거울에 비친 제 모습에 또 서러워서 눈물이 났습니다. 마음을 추스르려고 했지만 쉽게 되지 않았습니다. 화장실을 나갈 용기도 나지 않아 한참을 화장실에 있는데 한 아주머니가 들어오시더니 저에게 괜찮은지, 많이 다치지는 않았느냐고 물었습니다. 그 말을 듣고 더욱 서글퍼졌지만, 정신을 차리고 아기는 어떠냐고, 토마토 소스가 많이 튀었는지 여쭈어 보았습니다. 아주머니는 아이가 뚝배기 깨지는 소리에 놀란 것 같다고, 소스가 많이 튀지 않았다고, 걱정하지 말라고 안심시켜 주셨습니다. 그리고 아주머니가 잠깐 나와 보라고 해서 화장실에서 나와 아주머니와 얘기를 하는데, 그만 울라고, 걱정하지 않아도 된다며, 일단 그 아기 부모님에게 전화 드려서 아기가 어떤지 물어보고 다시 한번 죄송하다고 말씀드리라고 하셨습니다. 또한 아까 그 손님들이 음식을 드시지 못하고 가셨으니 주문한 음식 중에 하나를 직접 가져다 드리는 게 좋을 것 같다고 했습니다. 저도 그게 좋은 방법이라고 생각하여 아기 부모님에게 전화를 드렸습니다.

통화하는데 또 무서운 마음에 눈물이 나서 울먹이며 죄송하다고 말하고 집 주소를 알려 주실 수 있으신지, 피자를 제가 가져다 드리고 싶다고 했는데, 아기 아버지가 괜찮다고 아기가 많이 놀라서 울었던 것 같다며 걱정하지 말고 일 열심히 하라고 하셨습니다. 그래도 너무 죄송하고 제가 가져다 드려야 마음이 편할 것 같다고, 알려 주시면 감사하겠다고 했더니 계속 사양하다가 마지막에 알려 주셨습니다.

저는 주소를 적고 사장님에게 가서 아기 집에 다녀와도 되냐고 여쭈어 보았습니다. 사장님이 같이 가자고 해서 사장님과 함께 음식을 포장해 집에 갔습니다. 집 앞에 도착하고 포장한 음식을 들고 조금은 두려운 마음으로 승강기를 타고 떨리는 마음으로 벨을 눌렀습니다. 부모님이 문을 열어 주셨는데, 부모님 얼굴을 보자마자 죄송한 마음에 또 눈물이 나서 눈물을 흘리며 음식을 드렸습니다. 부모님은 놀라시며 괜찮다고, 아기는 진짜 놀라서 운 것이라며 걱정하지 말라고, 아기를 데리고 나와 보여 주셨습니다. 눈물을 그치고 아기를 보니 아기는 장난감을 가지고 놀며 해맑게 웃고 있었습니다. 아기를 보자마자 마음속에 있던 무엇인가가 순식간에 사라졌고 안도의 웃음이 났습니다. 아기가 다치지 않아 정말 다행이고 아기 부모님이 저를 다독여 주시며 오히려 미안하다고 하는 모습과 너그러운 마음에 감사했습니다. 그리고 인사를 드리고 나와 사장님과 함께 라라코스트로 돌아와 한결 가벼운 마음으로 일할 수 있었습니다.

이날은 사장님에게도 감사드렸는데 왜냐하면 제가 그렇게 큰 실수를 했는데도 따가운 말 한마디 안 하시고 오히려 점점 빨개지고 퉁퉁 부은 제 손에 약을 발라 주며 걱정해 주셨습니다. 그리고 좋은 조언을 해 주신 아주머니에게도 정말 감동받았습니다. 아주머니는 아기 집에 가져다준 음식 값도 계산해 주셨습니다. 저는 정말 괜찮다고, 제가 계산해도 된다고, 제가 내겠다고 했지만, 아주머니는 학생이 아르바이트를 해서 돈을 벌면 얼마나 버냐며, 그냥 아줌마가 낼 테니까 눈물 뚝 그치고 아기 집에 빨리 갔다 오라고 하며 음식 값을 계산해 주셨습니다.

저는 나중에 몇 십 년이 지나도 이 은혜를 정말 잊을 수 없으며 아주머니를 다시 한 번 만나게 된다면 감사하다고, 아주머니처럼 남에게 도움을 주며 인정받는 사람이 되고 착하고 성실하게 자라겠다고 말씀드리고 싶습니다.

이 사건이 있고 두 달이 지난 지금 와서 생각해 보면 이날 넘어지고 아기가 울고 했을 때 처음에는 정말 도망가고 싶었지만 도망치지 않고 일을 잘 해결했다는 것에 뿌듯합니다. 이 일을 계기로 조금 더 성숙해진 나 자신을 보고 정말 아프고 힘들었지만 이런 경험도 좋은 경험이었다는 생각이 듭니다. 또한, 사회생활에 대해 아무것도 모르는 20살 저에게 이 일은 많은 것을 가르쳐 주었고 앞으로 더욱 얌전하고 성숙한 성인이 될 수 있는 밑거름이 되었습니다.

고구마 밭 풀 뽑기

국제언어문화학부 최명국

시험 기간이 코앞으로 다가왔다. 나는 긴장의 끈을 놓쳐서는 안 되는 시기라는 점을 누구보다 더 잘 알고 있었다. 잘해야겠다는 생각과 잘해서 좋은 점수를 받아야겠다는 생각을 많이 했기 때문이다. 이렇게 바쁘다는 걸 알면서도 나는 아르바이트 해서 지갑에 두둑하게 돈을 가지고 다녀야겠다는 단 한 생각에 영암 한 농촌으로 떠났다.

5시 30분까지 대광여고 앞으로 나오라는 말을 듣고 나는 5시에 일어났다. 5시에 일어난 게 얼마 만인지 정말 피곤했고 다시 눕고만 싶었다. 하지만 돈이라는 게, 웃기는 소리지만 사람을 일으켰다. 부지런히 옷과 모자, 토시, 목에다 매는 것을 챙겨서 조용히 집을 빠져나갔다. 그렇게 나, 친구 태현이, 학과 선배 동균이 형이랑 만나 버스에 몸을 실었다.

버스 안에는 대부분 70~80대 할머니, 아버지 연세와 비슷한 50대 초반쯤 되는 어른들이 계셨다. 사람이 어마어마한지 관광버스로 출발했다. 나는 버스에 타자마자 '뭐, 이정도 사람이 가는데 얼마나 힘들겠어! 그래도 일은 많지는 않겠다"는 생각을 했다. 그렇게 편안한 마음을 갖고 40분 동안 이동했다. 시간이 흘러 영암 어느 한 농가에 도착했고, 도착하자 느긋하게 있던 우리들을 아르바이트 팀장님이 보고 한마디 던지셨다.

"아야! 거기서 멋허냐! 언능 모자 쓰고 장갑 끼고 호미 들고 나 따라와야 임마!"

나는 깜빡 하고 장갑을 안 가져왔다는 사실에 어리둥절하고 있었다. 그때 고맙게도 아버지 연세 비슷한 분이,

"장갑 안 끼면 손독 오른다 아가. 이거 끼고 해라."

하시며 건네주셨다.

그분이 안 계셨더라면 나는 맨손으로 하다 지금쯤 손이 퉁퉁 부어올라 아파했을 것이다. 준비를 마치고 밭으로 갔다. 땅이 엄청 넓었다. 정말 끝이 안 보이는 밭이었다. 그래도 사람이 많으니까 충분히 하겠다 싶었다. 농촌 체험으로 왔다는 긍정적 생각으로 6시 40분부터 시작했다. 팀장님은 내가 처음 이곳에 왔으니까 어떻게 하는지 모르고, 어떤 구역을 해야 하는지 모르기 때문에 내 옆에 태현, 동균이 형이 아닌 할머니와 함께 하도록 두었다.

팀장님이 이렇게 말했다.

"노지 고구마는 골에 검정 비닐을 씌운다. 그런데 비닐 속은 따뜻하기 때문에 풀이 잘 자라. 그래서 이 속으로 손을 넣어 풀을 뽑아야 해. 그런 다음 비닐이 바람에 안 날아가게 흙을 덮고. 알것지?"

내가 지금 하는 말이, 이 일을 해 본 사람은 정말 와 닿을 것이고,

해 보지 않은 사람은 무슨 말을 하는지 알 수 없을 것이다. 아무튼 처음 배우는 일이라 할머니에게 하는 방법을 배워 가며 같이 시작했다. 뭐 나름대로 하는 방법을 터득하고는 쏜살같이 옆 사람들을 앞질러 갔다.

"아따 거기 학생 겁나 일 잘한다야! 너는 뭐든 벌어먹고 살 것다야."

칭찬을 하셨다. 그렇게 칭찬도 받고 아침에는 기분이 좋았다.

두 시간 정도 하고 9시 조금 넘은 시간이 돼서 아침을 재빠르게 먹고 바로 또 시작했다. 인제는 12시에 밥을 준다고 했다. 다시 시작하는데 아까보다 뒤떨어졌다. 그런데 옆 사람이 내 앞을 넘어서 가는 것이 아닌가. 나는 점점 힘이 들었다. 이 정도는 버틴다고 생각하고 허리를 숙이면서 하기도 하고, 앉아서 하기도 했다. 내가 그때 힘이 들었다는 걸 아셨는지 할머니가 나에게 말을 건네셨다.

"돈 7만 원 벌어서 딱 만 원을 할머니에게 갖다 줘 봐. 그면 할머니가 두 배로 2만 원 3만 원 줄 것인게. 내 말 듣고 한번 해 봐."

하시며 기운을 주셨다.

그렇게 어쩌다 보니 할머니와 같이 나란히 일을 하고 있었고, 이야기가 오고 갔다.

"돈 벌어서 어디에다가 쓰고 싶어서 일을 하니?"

할머니의 궁금증에 나는 웃으며 말했다.

"그러게요? 근데 정말 놀다 보면 금방 써지더라구요!"

나는 반대로 물어봤다. 정말 궁금했던 점에 대해서 말이다.

"할머니는 아까 아들이랑 같이 사신다고 하셨는데 왜 이곳에 와서 힘들게 일하세요?"

"집에만 있으면 심심해. 그리고 용돈이 생기면 과일도 먹고잡고, 손주들도 용돈 줘야지!"

말씀을 하시는데 왠지 모르게 할머니가 순결한 아이로 보였다. 그렇게 이야기를 주고받다 보니 12시가 되었고 김밥 한 줄, 델몬트 음료수 하나가 나왔다. 먹고 30분 휴식 뒤 12시 30분부터 시작했다. 한두 시쯤 흘러가니 정말 고통의 시간이 시작됐다.

'아! 정말 힘들다. 이젠 못하겠다.'

이런 생각이 들기 시작했다. 나는 정말 시간이 빨리 흘러갔으면 좋겠다는 생각을 끊임없이 했다. 안 해 본 사람은 모른다. 허리가 끊어진 기분이란 게 이런 거란 걸 알겠다. 그렇게 서너 시간을 버텼다.

한숨 들이쉬고 일하고 일어나서 허리 펴고 계속 번갈아 가면서 갔다. 허리가 아프면 앉아서 하고 앉아서 하다가 무릎이 아프면 일어나서 허리 숙여서 하고. 체험이 아니라 고통과 괴로움의 싸움이었다. 차츰 그 괴로운 시간이 계속되고 정말 최고조로 힘들어 하고 있을 때였다. 어디선가 "다섯 시 다 됐습니다. 앞으로 30분만 더해 봅시다!" 하는 소리가 들려왔다. 그래 더 해보자는 생각과 동시에 우리 할머니가 생각났다. 얼마나 힘들게 농사짓고 우리에게 주셨을까, 하며 말이다. 정말 큰 교훈을 얻는 날이었다.

5시 30분이 되고서 나는 허리를 펴며 인상을 찌푸리며 갔다. 그래도 정말 행복했다. 돈 받는 것도 물론이지만 인제는 쉴 수 있다는 게 말이다. 장갑을 빌려 주신 어르신에게 장갑을 되돌려 주러 갔다. 그분이 나에게 이게 다 인생 공부한 거야 하시며, 고생했으니 오늘 돈 받아서 아껴 써라 하시는데 진지하게 귀담아 듣게 됐다. 그렇게 나는 돈을 받고 버스에 올라타 그날의 긴 하루를 보냈다.

할머니들과 이렇게 긴 대화를 한 날도 처음이고, 이렇게 할머니들이 순수한 아이같이 느껴진 날도 처음이었다. 그저 할머니 하면 고맙고 존중해 줘야 하는 존재로만 알았는데 오늘은 정말 친구 같은 느낌이었다. 그리고 나를 도와주었던 할머니가 있어서 오늘 일은 잘 풀렸고 행복했다. 그분이랑 사진도 찍었는데 오래오래 건강하게 사셨으면 좋겠다.

둘

저 미술 그만두려고요

편했다.
내 자신을 있는 그대로 가장 솔직하게 보여 줄 수 있는 사람이었다.
10년 된 동성 친구한테도 말 못하는 것을
그 아이한테는 할 수 있을 것만 같았다.

축구

스포츠레저학과 김민석

저는 초등학교 5학년 때 축구를 시작했습니다. 저는 어려서부터 축구를 무척 좋아했습니다. 초등학교 축구부에 가입하기 전에는 쉬는 시간마다 친구들과 공놀이를 즐겨 했습니다. 학원에 가지 않고 부모님 몰래 친구들과 어울려 축구를 했습니다. 날마다 걸려서 야단맞고 엄청 혼나면서도 다음 날이면 또 몰래 축구를 했습니다. 축구를 정말 좋아했습니다. 학원도 학원 끝나면 축구를 해 주겠다고 해서 다녔습니다.

그러던 어느 날, 저와 축구하던 친구가 축구부에 들어갔습니다. 하지만 저는 형들이 무섭기도 하고 친구들과 축구를 하고 싶단 생각에 가입하지 않았습니다. 친구들과 축구를 하던 중 친한 친구가 축구부에서 운동하는 거 기다린다고 해서 훈련하는 걸 구경했습니다. 그러던 중 친구가 멋지게 슈팅을 넣는 걸 보고는 멋있다, 이런 생각에 한 시간이 지난 지도 모른 채 구경을 했습니다. 처음으로 친구가 멋있다고 생각했습니다. 저는 갑자기 축구를 너무 하고 싶었습니다. 바로 부모님한테 이야기를 했습니다.

하지만 부모님은 절대 안 된다고 했습니다. 저는 정말 날마다 축구하고 싶다고 졸라 댔습니다. 그걸로 화가 난 부모님은 저를 집에 놔두고 못 나가게 했습니다. 저는 집 문을 잠그지 않고 친구들을 불러 축구를 밤 9시까지 했습니다. 그런데 그날은 부모님이 운동장에 찾아왔습니다. 그러고 집에 가서 많이 혼났습니다. 단소로 엉덩이를 맞았습니다. 저는 그날 굉장히 많이 울었습니다. 아파서 울기도 했지만 축구를 하지 못하게 하는 부모님이 미워서 억울해서 울었습니다. 그래서 한동안 밥도 안 먹고 엄마가 부르면 장롱 안에 숨어 나가지도 먹지도 않았습니다. 그걸 보고 아버지는 저한테 몰래 와서 축구 감독님한테 말해 놨다고, 내일부터 몰래 가라고 말씀하셨습니다. 그러고 다음 날 축구부에 들어가 운동을 시작했습니다.

저는 체력 운동을 해도 기쁘고 맞아도 좋았습니다. 축구만 할 수 있다면 뭐든 할 수 있다는 각오를 갖고 시작했습니다. 지금까지 축구를 하면서 포기하고 싶은 생각, 부정적인 생각, 수도 없이 많이 했습니다. 하지만 운동장에 서면 모든 고민 없이 자유롭게 정말 즐겁습니다. 저는 포기하지 않을 겁니다. 꼭 프로에 입단을 할 것이고 가슴에 태극 마크 한번 달아 볼 겁니다.

전 축구한 거에 대해 실패해도 후회는 않을 겁니다. 그만큼 노력을 했고 그만한 보상을 받을 수 있을 것 같습니다. 여기까지 저의 축구 이야기였습니다.

나만 할 수 있는 일

국제언어문화학부 김요나

이야기는 지금으로부터 1년 전 19살 때 이야기이다. 나는 17살 때 검정고시로 고졸까지 졸업을 끝냈다. 또래 친구들이 열심히 수능 준비를 하던 때 나는 학교를 다니지 않았다. 뭘 해야 할지 고민하고 있던 그 시점에 그냥 좋아하던 영어 공부나 다시 해 보자는 마음으로 무작정 영어학원을 찾아갔다.

내가 처음으로 다녔던 영어학원이자, 우리 동생이 다니고 있는 학원에 가서 원장 선생님을 찾았다.

"쌤!"

원장 선생님은 밝게 웃으며 꽉 안아 주셨다.

"이 가시나 어떻게 한 번을 안 와. 쌤 안 보고 싶었어?"

한마디가 마치 엄마가 해 주는 말인 듯 편하게만 느껴졌다. 한동안 우리 이야기는 계속되었고, 상담실로 향해 본격으로 상담이 시작되었다.

“쌤, 저 토익 공부 하고 싶어요.”

원장 선생님은 입가에 웃음을 지으며 말하셨다.

“요나야, 가르치는 것만큼 큰 공부는 없어.”

이후로 나의 일은 시작되었다.

출근 시간은 1시였지만 11시부터 출근 준비와 함께 걱정이 앞섰다.

‘내가 영어를 뛰어나게 잘하는 것도 아닌데 물어보는 것도 몰라서 창피하면 어떻게 하지?’

출근을 하고 첫 아이와 수업을 한 뒤 내 생각은 반대가 되어 있었다. 아니, 어쩌면 생각이 아니라 마음이 변한 것만 같았다.

그 아이는 초등학교 5학년이었다.

“유빈아, 안녕? 오늘부터 쌤이랑 공부 열심히 하자!”

내 말이 끝나기도 전에 그 아이는 자랑하듯이 큰 목소리로 말했다.

“쌤, 저 다음 주에 학교에서 면접이 있어요. 면접 통과하면 캐나다 가요!”

그 말을 듣고 나니 내가 더 열심히 해야겠다는 생각이 머릿속에 가득 들었다. 우리는 책을 펴고 빨간 펜으로 점을 찍으며 쓰기, 읽기, 독해를 이어 갔다. 별 다른 투정 한 번 없이 잘 따라오는 아이를 보며 ‘나는 왜 저렇게 못했을까.’ 자책을 하고 있던 중 아이들이 하나둘씩 학원으로 들어오기 시작했다. 그렇게 모든 아이들과 인사를 나누고 10시쯤 집으로 돌아와 씻고 앉아 정리를 하기 시작했다. 출근 첫날 아이들이 물어보는 단어를 몰라 찾아본 횟수만 20번이 다 된 것 같아 책을 펴고 내일 수업 준비를 했다. 수업 준비를 하며 형식적으로 하는 일이 아닌 내가 진짜 좋아하는 일을 하게 되었구나, 하고 느끼기 시작했다.

그렇게 6개월이 흐르고, 고등부 선생님이 나를 상담실로 불렀다.

"요나야, 밥 먹으면서 이야기 좀 하자."

밥을 시켜 놓고 선생님은 나를 바라보며 내가 수능을 보고 대학을 가기를 원한다고 하셨다. 나는 대학 생각을 전혀 해 보지 않았던지라 그 순간만큼은 머릿속이 텅텅 비어지는 것 같았다. 이야기를 끝낸 뒤 밖으로 나와 강의실에 들어가니 예쁜 아이들 모습이 보였다. 좋지 않은 내 얼굴을 읽었는지 아이들은 나를 응원해 주었다. 나는 결심했다. 대학을 졸업한 뒤 진짜 선생님이 되고 싶었다.

그 뒤 나는 아이들 가르치는 일을 그만두고 학원에서 공부를 하기 시작했다. 수능을 100일 가량 남기고 시작했던 공부이기에 걱정이 앞섰다.

'죽은 셈치고 해 보자!'

아무렇지 않은 척 당당한 척해도 마음은 너무 불안했다. 아니나 다를까 첫 모의고사 성적을 보고 내가 왜 대학을 간다고 했을까 후회가 되었다.

처음 본 단어는 물론이고 문법까지도 내가 알던 영어가 맞나 싶을 정도였다. 국어는 3등급이 나와 치킨 파티를 했는데도 기분이 좋지 않았다. 내가 잘하고 싶은 건 영어인데 왜 영어는 국어만큼 나오지 못하는 걸까. 좋지 않은 나의 표정을 알아채셨는지 선생님이 말하셨다.

"국어를 잘해야 영어를 잘하는 거야. 하루에 단어 딱 100개만 외워 봐."

다음 날부터 나는 오후 1시부터 다음 날 2시까지 학원 의자에 찌

들어 있었다. 아, 물론 밥 먹을 때 제외하고 말이다. 그렇게 약 50일이 흐르고 모의고사를 보았다. 2등급이 올랐지만 전혀 기쁘지 않았다. 내가 공부한 시간이 물거품이 되는 것만 같았다. 마치 영어 권태기가 온 것만 같았다.

그 뒤 나는 학원에 가지 않고 집에서 나오지도 않았다. 그저 먹고 자고 반복한 것 같다. 그렇게 시간을 보낸 지 3일째 되던 날 휴대폰이 울렸다. 확인을 해 보니 선생님이셨다. 받아야 하나 받지 말아야 하나 고민을 하다 결국 받았다.

"요나야, 푹 쉬었지?"

갑자기 울컥해서 그냥 엉엉 울어 버렸다.

"시간은 많다. 너무 마음 졸이지 말고, 해 왔던 것처럼 우리 좀 더 해 보자."

가방을 챙겨 바로 학원으로 갔다. 학원에 가니 마음이 안정되는 것만 같았다. 책을 펴고, 펜을 잡고 단어를 외워 가기 시작했다. 이렇게 하루하루를 보내고 나니 수능이 일주일 앞으로 다가왔다. 일주일을 남기고 나는 결국 그동안의 피로가 쌓이고 쌓여 몸살이 나고 말았다. 그 몸살은 일주일 동안 나를 힘들게 굴다 수능 당일마저 앓아눕게 했다. 이미 그전에 수시로 붙은 대학이 있지만 나를 힘들게 고생시킨 수능을 보고 싶었다.

새벽부터 엄마가 끓여 준 죽을 싸 들고 배정 받은 학교로 갔다. 자리에 앉아 책을 봐도 글이 눈에 들어오지 않았다. 추운 날씨에도 땀이 옷을 적실 정도로 줄줄 흘렀다. 한 시간 한 시간 흐를 때마다 내 몸도 지쳐만 갔다. 가장 자신 있었던 영어 듣기 시간마저 귀에 들어오지 않았다. 그저 허탈했다. 그렇게 시험이 끝났다. 사실 수능을 어떻게 봤는지 생각도 나지 않는다. 마지막 종이 울리고 나오자마자 쓰러지 듯 넘어져 버렸다. 그렇게 나의 수능은 끝이 났다.

한여름 밤의 꿈

관광경영학과 박미성

TV 속 드라마나 영화를 보면 남자와 여자가 운명적으로 만나 첫눈에 반해 사랑에 빠지곤 한다. 그런 장면을 보면서 나에게는 살면서 그런 일이 일어나지 않을 것이라 생각했다. 사실 매우 바라고 있지만 현실적으로 불가능하다고 생각했기 때문이다. 적어도 작년 여름 중국 여행을 가기 전까지는 말이다.

지금부터 내가 하려는 이야기는 이미 눈치챘을지도 모르지만 나의 첫사랑 이야기이다. 작년 2015년 8월 중순쯤으로 거슬러 올라간다. 그 당시 나는 고3이었고 그만큼 중요한 시기였다. 하지만 애초에 수능 미적용 학교를 희망했기 때문에 다른 친구들보다 자유를 좀 더 일찍 누리게 되었다. 할 일 없이 방학을 무료하게 보내는 날 보고 부모님은 동생과 함께 '안중근 역사 여행'을 가는 게 어떻겠냐고 물어보았다. 사실 해외여행이라 하면 경치가 아름다운 유명 관광지나 일탈을 꿈꿨는데 역사여행이라니. 심오한 주제인 거 같아 그렇게 구미가 당기지는 않았지만 방학 동안 뭐라도 해야겠다 싶어 떠나기로 결심했다.

내가 4박 5일 일정 동안 그 아이의 존재를 알게 된 것은 둘째 날이었다. 그날은 백두산 등정을 하는 날이었다. 동생은 이미 먼저 올라가 버려 나의 시야에서 사라져 버린 지 오래였고 출발할 때와는 달리 뚝 떨어진 기온에 몸을 추스르며 1442계단을 오르고 있을 때였다.

"얼마나 더 가야 하는지 알아?"

뒤돌아보니 나와 나이가 비슷해 보이는 남자아이다. 대답을 해야 하는데 갑작스런 물음에 그냥 살짝 웃어 보였다. 나중에 들은 말이지만 그 아이는 그때 내가 웃기만 해서 조금 당황했다고 한다. 그 아이는 내 옆으로 다가와 같이 걸었다.

20살, 나보다 한 살 많고 울산에서 부모님과 함께 왔다고 한다. 울산이면 내가 사는 거제도와 그리 멀지 않구나, 마음속으로 생각을 했다. 백두산 천지에 다다를 때까지 마치 오래전부터 알던 사람처럼 친숙하게 이야기를 나눴다. 목적지에 도착하고 그 아이는 다시 부모님에게, 나는 동생에게 돌아갔다. 입에 맞지 않은 중국 음식을 먹을 때나, 리순감옥 단체관람을 할 때 간간히 눈이 마주쳤지만 그게 끝이었다. 그냥 백두산 올라갈 때 심심해서 말을 걸었구나, 하고 나는 별 의미를 두지 않기로 했다.

그렇게 이틀이 훌쩍 지나가 버리고 마지막 날 밤이 되었다. 마지막 일정 하얼빈 성소피아 성당에서 펼쳐지는 환상적인 분수 쇼를 넋을 놓고 보고 있을 때였다. 무심결에 고개를 돌렸는데 그 아이가 있었다. 서로 아무 말도 하지 않았지만 불과 10센티미터 정도 사이를 두고 같이 그 광경을 보는 게 좋았다. 분수 쇼가 끝나고 10시 30분쯤 호텔

체크인을 하기 위해 잠시 기다리고 있을 때였다. 동생이 화장실을 간 사이 그 아이가 태연히 나에게 왔다.

"오늘 마지막 밤인데 11시에 로비 앞에서 만나자."

나는 빠르게 계산했다. 30분 동안 최대한 잘 보이기 위해 무엇을 해야 할지를 말이다. 방에 도착해 짐을 빠르게 풀고 동생에게는 잠시 편의점을 갔다 오겠다고 하며 두근거리는 마음으로 로비로 갔다.

그 아이가 먼저 도착해 있었고 나는 떨렸지만 최대한 아무렇지 않은 척하며 털털하게 인사를 했다. 로비를 나서니 한여름 뜨거웠던 공기는 사그라지고 선선한 바람이 불었다. 우리는 딱히 갈 곳이 없어 다시 성소피아 성당으로 갔다. 러시아 영향을 받아 비잔틴 양식으로 건축된 성소피아 성당은 불과 한 시간 전과는 또 다른 매력을 뽐냈다. 그 모습이 고풍스럽고 우아했고 주위는 쥐죽은 듯 조용했다. 중국 거리는 한국의 밤문화처럼 번쩍번쩍한 네온사인을 찾아볼 수 없다. 천천히 걸으면서 그동안 서로의 존재조차 몰랐던, 각자 살아 온 이야기 꽃을 피웠다. 빨간 카펫이 깔린 길을 지날 때 레드카펫을 걷는 배우 흉내를 냈고 전갈튀김, 메뚜기 꼬지를 보면서 신기하다며 같이 먹어볼까 하고 장난도 쳤으며 배가 고파 맥도날드에 가서 치즈버거도 먹은 기억이 난다.

편했다.

내 자신을 있는 그대로 가장 솔직하게 보여 줄 수 있는 사람이었다. 10년 된 동성 친구한테도 말 못하는 것을 그 아이한테는 할 수 있을 것만 같았다.

새벽 한 시가 조금 넘었을 때 우리는 아쉬웠지만 겉으로는 티 내지 않으며 다시 호텔로 향하는 길이었다. 우연히 호텔 앞에서 가이드 분을 만났고 지금 어른들끼리 양꼬치에 맥주를 마시고 있는데 같이 가자고 했다. 나는 어른들이 많은 자리라면 질색하는데 그 아이와 좀 더 오래 있고 싶었다. 멀리서 우리가 걸어오는 것을 보고 어른들은 맥주 탓인지 얼굴이 빨개진 채로 말했다.

"너희 둘 무슨 사이야?"

"이렇게 붙어 다니는 거 보니 서로 좋아하지?"

뜨끔했다.

그런 거 아니라며 손사래 쳤지만 이미 내 마음이 다 들통난 거 같아 그분들과 얼굴빛이 같아졌다. 풋풋한 사랑을 하는 우리가 부럽고 예쁘다고 했다. 옆에서 음식을 조금 먹다 서로 이제 들어가자고 눈으로 말했다. 로비에서 헤어질 때 나에게 번호를 물었고 한국 가면 연락하겠다고 했다.

그날 나는 침대에 누워 눈을 감고 행복한 상상을 하다 잠이 들었다. 다음 날 한국으로 가는 비행기가 두 시간 연착되었지만 조금이라도 더 볼 수 있다는 마음에 그 시간이 조금도 지루하지 않았다. 탑승할 시간이 되어 자리에 앉았는데 그 아이와 멀리 떨어지게 되었다. 나는 생각했다. 인천공항까지 두 시간 반, 나는 용기가 필요하다 생각했고 내 옆자리 신사 분에게 부탁을 했다. 흔쾌히 그러겠다고 하셨고 그 아이와 나란히 앉았다. 그 결심을 한 내가 얼마나 기특하던지, 서로 어른들 눈치를 보며 장난도 치고 기내식도 먹으며 못 다한 이야기를 했다. 인천공항에 도착해 서로 짐을 찾고 각자 돌아가기 위해 돌아섰을 땐 아쉬움에 마음이 찡했다.

강남역으로 가는 공항버스 안에서 연락이 왔고 일주일 후 울산과 거제도의 중간인 부산에서 만났다. 같이 광안리 밤바다를 걷다가 그 아이는 내가 정말 좋아졌고 더 알아 가고 싶다고 고백했다. 나도 그 말에 공감했기에 그날 이후 우리는 연인이 되었다. 사귀는 기간 동안 가고 싶은 축제도 가고 맛있는 음식도 먹고 때로는 다투기도 했다.

그러다 일 년 조금 더 돼서 헤어졌다. 그 아이와 헤어질 때 태어나서 제일 많이 울었던 것 같다. 지금도 가끔 생각나지만 나와 그런 예쁜 추억을 만든 사람이 그 아이라서 정말 고맙다. 나는 중국에서부터 불과 3개월 전까지 모든 일이 생생하게 기억이 나고 결코 잊을 수 없다. 그래서 나는 그때 일을 스스로 한여름 밤의 꿈이라고 한다.

친구

○○○○○과 ○○○

나는 시골에서 농사를 지으시는 부모님 밑에서 네 자매 중 둘째로 태어났다. 어렸을 때부터 바쁜 농사일 때문에 부모님과 함께하는 시간도 매우 적었다. 형제도 많아서 사랑을 충분히 받지 못하며 자랐다. 그래서인지 누군가에게 관심을 받고 싶어 했다. 원래 활발한 성격이지만 더 활발한 척하고 장난이나 사고도 많이 쳤던 것 같다. 하지만 유치원생이 되었을 때 이런 내 성격은 오히려 아이들과 친해지는데 방해가 되었다. 아이들은 나를 이상하게 여기고 받아 주지 않았다. 결국 나는 혼자가 되었고, 성격도 소심해지고 말도 잘 안 하는, 낯을 많이 가리는 아이가 되었다.

초등학교 때는 어느 정도 친구가 있다고 생각했다. 하지만 그것은 내 착각이었다. 평소 친구들은 나와 어느 정도 거리를 두고 지냈다. 그러다 자기들끼리 싸웠을 때만 나와 친해졌고, 서로 화해하면 바로 나를 멀리했다. 그런 행동에 겉으로는 괜찮은 척했지만 사실은 상처를 많이 받았다. 그래서 상처받고 싶지 않은 마음에 스스로 마음 문을 닫았다. 그리고 누구와도 친하게 지내려고 하지 않았다. 또 누구도 나의 이런 마음을 알게 하고 싶지 않았다. 가족들이나 주위 사람들에게 겉으로는 잘 웃고 말 잘 듣는 착한 아이인 척했다.

중학교 때는 남 눈치를 보고, 자기주장이 없는 매우 조용한 아이가 되어 있었다. 그래도 중학교 때는 친구가 생겼다. 하지만 나는 항상 불안했다.

'이 아이들이 나를 싫어하면 어떡하지?'

'내가 이 말을 하면 기분 나빠하면 어떡하지?'

'분명 내 욕을 할 거야.'

친구들과 즐겁게 지내는 것 같으면서도 속은 걱정으로 가득했다. 중학교 3학년 때, 결국 이런 불안했던 내 친구 관계는 깨지고 말았다. 사건은 아주 작은 것이었지만 싸운 친구는 화를 풀지 않았고 학교에서 나를 혼자로 만들어 버렸다. 그러면서 나는 더 많은 상처를 받게 되었고 진정한 친구란 없다고 마음먹었다. 마음을 주면 줄수록 상처를 받는 것은 주는 쪽이라는 것을 깨달았다.

고등학교에서는 친구를 사귀더라도 그냥 그 친구 눈치를 보고 적당히 듣기 좋은 말을 하고, 사이가 틀어지려고 하면 그러기 전에 먼저 사과하면서 넘겼다.

그러던 어느 날, 한 아이가 조용히 나에게 다가오더니 한마디 툭 던졌다.

"너는 왜 항상 미안해를 달고 살아?"

"어? 그러게? 내가 잘못해서?"

"거짓말하지 마! 네가 뭘 잘못했는데?"

"그냥……."

"왜 너는 남에게 너를 맞추려고 해? 남 눈치 보지 마!"

이 말을 들었을 때, 뭔가 지금까지 잘 숨기고 있던 내 비밀을 들킨 기분이었다. 그리고 나는 그동안 숨겨 왔던 내 마음을 나도 모르게 그 친구에게 말하고 있었다. 그 친구는 단 한마디도 하지 않고 조용히 내가 하는 말을 들어주었다. 다 말하고 난 뒤 나는 뭔가 후련해진 기분이었고 한편으로는 부끄럽기도 했다. 이야기를 들어준 친구는 가만히 다가와 나를 안아 줬다.

"많이 힘들었겠다."

이 말을 듣는 순간, 나도 모르게 눈물이 나기 시작했다. 친구는 조용히 나를 다독여 주었다. 그렇게 나는 속이 후련해질 때까지 울었다.

고등학교 내내 그 친구 덕분에 나는 많이 변할 수 있었다. 내가 잘못한 부분이 있으면 바로 지적하고 화를 내 주었다. 하지만 더 이상 걱정하지 않았다. 왜냐하면 그 친구가 화내는 것은 나를 걱정해서 해 주는 것이라는 것을 알기 때문이다. 말하지 않아도 정말 이 친구가 나를 걱정해서 해 주는 말이구나, 하는 느낌이 들었다. 나는 그 친구 덕분에 누군가의 눈치를 보는 일도 많이 없어졌고 자기주장도 하게 되었다. 물론 완전히 변한 것은 아니다. 예전에는 많은 사람들과 친해지고 관심 받고 싶다고 생각했지만 지금은 아니다.

정말 나를 잘 알아주고 내 일을 자기 일인 것처럼 여겨 주는 그런 친구가 하나만 있어도 행복하다는 것을 알게 되었다. 그리고 지금까지 누군가에게 받는 것만을 바랐지만 이제는 내가 누군가에게 힘이 될 수 있는, 나눠 줄 수 있는 그런 사람이 되도록 노력하고 있다.

과녁 없이 활쏘기

사회복지학부 유민환

중학교 시절 나는 체육중학교를 다니며 양궁선수로 활동했다. 양궁은 과녁을 맞혀 점수를 쌓아 점수가 높은 사람이 이기는 스포츠이다. 과녁은 중앙을 맞힐수록 높은 점수를 얻는다. 그 시절 내 목표는 언제나 과녁 중앙이었다. 하지만, 중학교 2학년 겨울 전국체전을 준비하던 도중 팔꿈치 인대가 휘어지는 부상을 당했다. 팔꿈치 부상은 모든 양궁 선수가 선수로서의 꿈을 접는 가장 흔한 부상이다. 나는 그렇게 중학교 3학년 양궁 선수 꿈을 접고 평범한 중학교로 학교를 옮겼다.

평범한 날 평범한 아침에 평범한 교복을 입고 평범한 학교를 나가는 그 등굣길이 나에게는 평범하지 않았다. 벌써 3학년이기에 친구를 사귀기에도 시간이 너무 많이 지나 버렸고, 내가 배우던 것과는 너무 다른 교육 과정이 따라가기 벅찼다. 그때 나에게 학교에 가고 수업을 듣고 집에 올 때까지의 모든 일이 마치 과녁 없이 활을 쏘는 것처럼 느껴졌다. 과녁이 없다면 활을 쐬야 할 방향도 모르며 내가 쏜 화살이 날아가는 끝을 볼 수도 없다.

중학교 3학년 체육수업 이후 나는 달라지기 시작했다. 그 수업에서 '30야드 꿈의 럭비 게임' 활동을 했다. 5년이 지난 지금도 기억나는 이름이다. 정해진 럭비공을 던져 30야드 즉 27미터 뒤에 있는 훌라후프 안으로 골인시키면 되는 간단한 게임이었다.

게임이 시작되고 반 친구들이 나와 줄을 섰다. 체육 선생님은 4절지를 나누어 주며 자신의 목표를 적어 훌라후프에 붙이라고 했다. 나는 끝내 아무것도 적지 못했고, 선생님은 왜 아무것도 적지 않느냐고 물었다. 선생님이 묻는 순간 모든 친구들이 나를 보고 있다는 것을 느꼈다. 나를 보는 친구들 앞에서 창피해졌다. 얼른 자리를 벗어나고 싶어서 나는 선생님에게 "목표가 없습니다. 참여 꼭 해야 하나요?" 물었다.

친구들이 공을 다 던지고 나만 남았다. 선생님은 나의 빈 4절지에 무엇인가 적고 체육관 반대편 끝에 놓으셨다. 선생님은 나에게 걸어와 "저기 종이에 머라 적었는지 보여?" 물었다. 너무 작아 보이지 않았다.

"안 보이는데요?"

대답은 당연했다. 선생님은 럭비공을 최대한 멀리 던져 보라 하셨다. 럭비공 하나를 집어 종이가 있는 쪽으로 최대한 힘껏 던졌다. 공은 종이까지 가지 못하고 중간에서 떨어졌다. 선생님은 공이 있는 곳으로 가서 나를 부르셨다. 선생님은 공이 떨어진 곳에 서서 종이에 뭐가 써져 있는지 다시 한 번 보라고 하셨다. 희미하지만 종이가 보였다.

"물음표요?"

종이에는 물음표가 저혀 있었다.

수업 끝나는 종이 치고 체육 수업은 끝났다. 반 친구들은 교실로 돌아갔고 선생님은 나를 지도실로 부르셨다. 선생님과 개인적으로 만나 대화한 일은 이때가 처음이다. 선생님은 수업이 끝난 뒤 교무실로 가서 내 생활기록부를 찾아보셨다. 나를 지도실로 불러 '양궁은 언제부터 했는지.' '왜 그만두게 되었는지.' '지금 학교생활은 어떤지.' 많은 것을 물어보셨다. 마주 앉아 대화하는 것이 불편하고 어색했다.

선생님은 나에게 "목표가 없는 것이 아니라, 아직 안 보이는 거야. 아무것도 하지 않으면 평생 볼 수 없어. 네가 던진 공처럼 한 번에 가지 못할 수도 있어. 하지만 최선을 다해 한번 던지고, 그래도 안 보인다면 다시 던지고, 그래도 안 보인다면 보일 때까지 던져 보아야 한다. 매번 최선을 다해 살아가다 보면 언젠간 너의 새로운 목표가 보일 거야." 했다. 나는 그 말을 듣고 교실로 갔다. 교실에서 수업을 듣는 중에도 학교가 끝나고 집으로 돌아간 뒤에도 계속 선생님 말씀을 생각했다.

다음 날 목표나 꿈을 정하진 못했지만, 앞에 보이는 일을 해결해 나가며 시간을 보냈다. 가장 먼저 학교 내신 점수를 쌓아 고등학교에 진학하는 것을 목표로 공부를 시작했다. 운동하면서 공부가 소홀했던 만큼 늦게 시작한 공부는 너무 어려웠다. 하지만 선생님 말씀을 떠올리며 마음을 다잡았고, 많은 선생님의 도움을 받아 가며 성적을 올렸다. 그렇게 나는 내신 22퍼센트라는 중상위권 성적을 가지고 중학교를 졸업하게 되었다. 졸업식에서 체육 선생님은 "지금은 목표가 보이니?" 물으셨다. 나는 "보이지는 않는데, 가까워졌어요." 했다. 나는 웃으며 대답할 수 있었다. 졸업식 때 나는 부상 직후 방황하던 나와는 달라져 있었다.

고등학교 진학 뒤 남들처럼, 어쩌면 남들보다 더 열심히 학교생활을 했다. 고등학생 시절 꿈에 대한 진지한 고민을 많이 했고, 나를 바꿔 준 체육 선생님처럼 멋진 사람이 되고 싶어졌다. 나는 꿈을 찾지 못해 방황하는 친구들을 돕는 사회복지사를 목표로 세웠다. 그리고 열심히 공부하고 노력해 지금은 광주대학교 사회복지학부에서 사회복지사로 성장해 가고 있다. 아직도 꿈이 뚜렷하게 보이지는 않는다. 그래서 흐릿하게 보이는 목표를 향해 더욱 많은 화살을 날리고, 목표에 닿을 때까지 활을 쏠 것이다. 활을 쏘지 않는다면 내가 쏜 화살이 과녁에 가는 일은 없다. 하지만 활을 쏜다면 화살은 명중하지 않더라도 목표 과녁을 향해 날아갈 것이다.

수술

○○○과 ○○○

몇 년 전 일이다.

가슴에 멍울이 잡히고 약간 아프기도 해서 어머니와 병원에 갔다.

'아픈 사람이 이렇게 많나.'

우울하고 멍한 얼굴, 고통스러운 낯빛을 한 사람들이 앉아 있었다. 기다리는 동안 바쁘게 오가는 의사들을 봤다. 감은 지 오래된 듯 지저분한 머리, 표정 없는 얼굴에 잠이 부족한 듯 눈은 충혈되어 있었다.

내 차례가 되었다. 문을 열고 들어가니, 머리가 살짝 희끗희끗한 50대 중반쯤에 안경을 낀 남자 의사가 앉아 있었다.

"어디 봅시다."

여기저기 살펴보더니,

"음, 아직 나이도 어리고, 종양 위치로 봐서 암일 가능성은 낮은 것 같아요. 하지만 종양 크기가 크면 악성으로 변할 가능성이 높으니 일단 초음파 사진을 찍어 봅시다."

진료실을 나와서 초음파를 찍으러 갔다. 초음파실은 아주 조용했고, 사람이 거의 없었다. 가운을 입고 기다리다가 내 차례가 되어 침대에 누웠다. 차가운 젤 느낌이 났다. 구석구석 초음파 촬영을 끝내고 나는 또다시 앉아서 기다렸다. 한 할머니와 간호사들이 실랑이하고 있었다. 턱이 빠진 한 아주머니 모습도 보였다.

사진 판독 결과가 나왔다. 다시 진료실로 갔다. 이번엔 30대 중반쯤으로 보이는 남자 의사가 앉아 있었다. 어두운 얼굴을 하고 말했다.

"사진을 보니, 영상의학과에서 종양이 크고 모양이 안 좋아서 암으로 보인다고 의견을 보내 왔는데, 제가 보기에도 안 좋습니다. 빨리 수술을 하는 게 좋겠어요. 일단 수술을 해서 종양을 제거하고, 조직검사를 해 봐야 확실히 알 수 있을 것 같습니다."

의사는 어머니를 보며 말했다. 어머니는 별말씀이 없으셨다. 어머니와 나는 진료실을 나와서 집으로 갔다. 옷가지를 챙기고 입원 준비를 해서 다시 병원으로 갔다. 입원 절차를 밟았다.

"2인실로 해 주세요."

어머니가 말씀하셨다.

"엄마, 2인실은 비싸지 않아? 그냥 6인실로 하지."

"아냐. 그냥 2인실로 하자."

입원 절차를 마치고 나는 2인실로 갔다. 병실엔 아무도 없었다. 어머니는 담당 의사를 만나러 나가셨다. 나는 옷을 갈아입고 침대에 누웠다. 기분이 약간 이상했다.

'내가 암일까? 암이면 어떻게 될까? 암에 걸려서 내가 곧 죽는다면 난 무슨 일을 할까? 그냥 지금까지와 똑같이 살겠지? 그러고 보면 지

금까지 내 삶에 만족하고 있는 건가? 난 행복하구나.'

생각은 꼬리에 꼬리를 물고 계속되었다. 한참 뒤에 어머니가 다시 오셨다. 집에 다녀왔다고 하셨다.

며칠 뒤 수술 날이 되었다. 아버지가 오시고, 언니들이 왔다.

간호사가 주는 하얀 액체를 삼키고 이동 침대에 누웠다. 침대 바퀴 굴러가는 소리가 들렸다.

누가 내 볼을 꼬집으며 깨운다.

'일어나기 싫은데…….'

눈을 떠 보니 처음 나를 진료했던 50대 중반쯤에 안경 낀 남자 의사가 웃으며 서 있었다. 다시 잠들려고 하는데 간호사가 자꾸 일어나라고 소리쳤다.

수술 뒤 며칠이 또 지났다. 조직 검사 결과가 나왔다. 암이 아니었다. 어머니의 환한 얼굴이 보였다. 퇴원 준비를 하고 또다시 진료실로 갔다.

"악성이 아니고 양성이어서 다행입니다. 하지만 유선 선종이 잘 생기는 체질이고, 선종은 언제나 악성으로 변할 가능성이 있으니, 1년에 한 번씩은 꼭 검사를 받으러 오시는 것이 좋겠습니다."

"감사합니다."

어머니가 말씀하셨다. 어머니와 나는 인사를 하고 진료실을 나왔다. 접수처에서 입원비를 계산했다. 영수증을 보니 특진에 표시되어 있었다.

"특진 신청했어?"

"응. 혹시 모르니까."

별말씀은 없으셨지만, 어머니는 많이 걱정하셨나 보다.

어머니와 나는 병원을 나왔다.

시간이 한참 흐르고 언니와 이런저런 이야기를 하다가 어머니 이야기가 나왔다. 어머니는 그날 집에서 아버지와 언니들한테 내가 암일지도 모른다고 하면서 우셨다고 한다. 어머니는 눈물이 없고 감정 표현도 많이 없는 분이다. 그런 분이 눈물을 흘리셨다니 내 마음 한곳이 찡해졌다.

가뭄 때 내리는 비 같던 한마디

심리학과 정영선

고2 중간고사 결과가 나왔던 때입니다. 저는 고1 때까지만 해도 뒤에서 10등 안에 들 만큼 공부엔 전혀 소질이 없던 아이였는데, 그때 중간고사 점수는 모든 시험을 통틀어 최고 점수였습니다. 그 성적표를 받고 나서, 왠지 무엇이든 도전해 볼 수 있을 것 같단 생각이 들었습니다. 그리고 어렸을 때부터 항상 하고 싶던 미술이 가장 먼저 떠올랐습니다. 이 성적을 유지하고 학원에 다니며 배운다면, 미대도 갈 수 있고 성공도 할 수 있을지 모른다는 생각이 들었습니다.

그때까지 제 관심사는 오로지 그림을 그리는 것이었습니다. 전문적으로 배워 보라는 제의도 많이 받았으나, 우리 집 형편에 그것은 어림도 없던 것이었습니다. 하고 싶어도 할 수가 없었기에, 내 실력으론 어디 내세우기 턱없이 부족했기에, 꿈을 가지고 있으면서도 '나는 꿈이 없다'며 숨기고, 부끄러워하기만 했습니다. 하지만 그날 밤, 저는 자신감이 생겼습니다. 그리고 엄마에게 말했습니다.

"엄마, 나 미술 배우고 싶어."

엄마는 오래전부터 제가 미술을 배우길 원한다는 걸 알고 계셨지만, 형편이 되지 않아 미술학원에 못 보내는 것을 항상 미안해하셨습니다.

"미술학원 다니고 싶어?"

엄마가 물었습니다. 저는 지금까지 생각만, 또 상상만 해 왔던 것을 모두 쏟아내며 대답했습니다. 엄마는 제 이야기를 가만히 듣고 계시다가, "열심히 잘할 수 있지?" 하셨습니다. 그 뒤 엄마는 주말에 저와 함께 미술학원에 등록하러 갔습니다.

학원비에 대해 자세히 알고 보니, 돈이 생각보다 많이 들었습니다. 한 달에 40만 원, 첫 달은 재료까지 포함하여 70만 원이며, 그것 말고도 자잘하게 나가는 돈이 우리에게 너무나 부담되었습니다. 경제적 한계라는 현실에 부딪히고 나니, 저는 미술을 하고 싶다는 바람과 또 잘할 수 있다는 자신감마저 모두 사라지는 것 같았습니다. '나 혼자 해도 어떻게든 할 수 있지 않을까?' 하는 생각에 포기하려 했지만, 엄마는 그런 딸 모습에 가슴이 아프셨나 봅니다. 엄마는 그날 저녁, "엄마가 조금 모아 둔 돈이 있으니 그걸로 너 하고 싶은 미술 하자." 하셨습니다. 나중에 안 사실이지만 엄마가 이모와 얘기하며, 절 미술학원에 보내는 게 경제적으로, 또 여러 문제로 힘들어 많이 우셨다고 합니다.

우여곡절 끝에 다니게 된 미술학원은 제가 생각했던 것과는 너무도 달랐습니다. 저는 다른 아이들보다 늦게 시작한 탓에 많이 뒤처져 있었습니다. 또한 성적도 지금보다 더 올려야 한다는 것이 부담으로 다가왔습니다. 다양성과 창의성을 가르친다는 미술학원에서, 똑같은 표현 방식과 입시에 맞춘 형식화된 교육에 점점 질려 갔습니다. 원하는 대로 손이 따라오지 않을 때마다, 다른 친구들보다 더 좌절하고 더 자괴감을 느꼈습니다.

그렇게 미술을 배운 지 2개월쯤, 미술을 하면서도 즐겁지 않은 제 모습에 너무나 가슴 아픈 날이 있었습니다. 그토록 바라던 미술을 배우고 있으면서, 배울 수 있으면서, 어느 새 '지금 내 친구들은 야자를 하며 공부하고 있겠지?' '미술을 배우지 않았다면 그동안 성적이 조금은 올랐을 텐데.' 이 생각으로 그림 그리는 시간을 보내고 있었던 것입니다.

그날 이후, 의욕 없는 저 자신이 한심스럽고, 많은 돈을 들여 배우는 것을 다 버리고 있다는 생각에 너무나 괴로웠습니다. 학원을 갈 때마다 '아, 가기 싫다.' 이 말이 하루도 나오지 않은 적이 없습니다. 그림을 그리다 조금이라도 제 성에 차지 않으면 그 자리에서 엉엉 울고 싶을 지경이었습니다.

5개월이 넘어가면서, '미술을 그만둬야겠다.' 하고 결심했습니다. 제가 미술을 좋아했던 이유는 그림을 그리는 저 자신이 좋고, 그때가 가장 행복하며, 유일한 스트레스 해소법이기 때문입니다. 하지만 '입시 미술'을 배우면서, 저는 괴로워하고 스트레스를 받고, 연필을 잡는 것조차 두려워지기 시작했습니다. 잘하고자 하는 욕심이 컸던 것인지, 진지하게 결심하지 않았던 것인지, 이유가 무엇인지도 몰랐습니다. 그냥 너무나 괴로웠습니다. 처음 겪어 보는 제 한계에 무너졌는지도 모릅니다. 무엇보다 힘들어도 저를 믿고 고생하며 일하시는 엄마 얼굴이 아른거려서, 더 이상 이렇게 미술학원에 다니며 돈을 낭비하는 것이 죄송했습니다.

저는 학원을 그만두겠다고 엄마에게 말했습니다. 엄마는 놀라며 그 이유를 물어보셨고, 차근차근 다 말했습니다. 엄마가 신중히 생각해 보라며 설득하셔도 제 생각은 바뀌지 않았습니다. 그리고 다음 날 미술반 선생님에게 말했습니다.

"선생님, 저 미술 그만두려고요."

선생님은 이 말을 듣고 많이 당황스러워하더니, 황급히 저를 불러 상담을 하셨습니다.

"이제는 미술을 하는 게 힘들고 즐겁지가 않아요."

이 말을 시작하자마자 선생님은 대화가 아닌 호통을 치셨습니다.

"그래서 네가 그만두면 뭘 할 건데? 뭘 잘할 수 있어?"

그런 선생님 모습에 저는 조금 서운했습니다.

"심리에 대해 알아보려고요……."

"네가 정말 심리에 관심이 있다고 생각해? 네가 그걸 잘할 수 있다고? 넌 지금 괜히 게으름 부리고, 핑계 대고 있는 거야. 어리광이나 부리고 있는 거라고."

선생님은 저를 꾸짖으셨습니다.

"너 갑자기 왜 이러는데? 진도를 못 따라가는 것도 아니고, 형편이 어려워 그만둔다는 것도 아니고, 그냥 하기 싫다고? 그건 안 돼."

상상도 못했습니다. 많은 말이 오갈 것으로 생각은 했지만, 제 예상을 모두 뒤엎는 말만 선생님 입에서 나왔습니다. 말문이 막히고 억울했습니다. 그중 인정하기 싫지만, 반은 맞는 것 같아 더 서러웠습니다. 눈물이 맺히는 것을 보면서도 선생님은 계속 혼을 내셨습니다.

"그만둘 생각하지 마."

선생님의 마지막 말이었습니다. 그 말에 대답도 안 하고 나왔습니다. 일찍 가서 쉬라는 말에 재빨리 짐을 싸서 학원을 나왔습니다. 버스를 타고 집에 가는 길, 저는 마음이 너무 허했습니다. 그리고 그날 집에 돌아와 엄마에게 선생님과 했던 이야기를 다 말했습니다.

다음 날부터 저는 아예 학원을 가지 않았습니다. 선생님 연락은 모두 받지 않았으며, 엄마는 선생님에게 전화가 오면 "네, 제가 잘 말해 보겠습니다." 하는 말만 하셨습니다. 저는 절대 흔들리지 않았습니다. 더는 미술을 싫어하는 것으로 만들고 싶지 않았습니다.

다시 시작한 야자는 무척 즐거웠습니다. 수업 시간에 조금씩 배워가는 것이 그렇게 즐거웠던 적은 처음입니다. 그렇게 학원을 가지 않은 지 2주일, 선생님도 두 손을 들었습니다. 엄마에게 '영선이 짐을 빼 주시라.' 전화가 걸려왔습니다. 그 주 주말에 아빠와 함께 차를 타고 짐을 가지러 갔습니다.

선생님과 마주치고 싶지 않았습니다. 선생님이 하셨던 말은 제게 상처가 되었기 때문입니다. 반에 들어가자, 언제 가겠다고 말한 적도 없는데 거짓말같이 선생님과 딱 마주쳤습니다. 선생님은 화가 난 얼굴로 성큼성큼 다가오다가, 아빠가 제 뒤에 계신 것을 보고는 그냥 물러났습니다. 서둘러 미술 도구와 짐을 다 챙기고 급하게 인사하고 미술학원을 나왔습니다. 그때, "그래, 뭐든지 열심히 하렴." 하며 제 등을 두 번 두드리신 그 손길도 분명 격려는 아니었던 것 같습니다.

그 뒤로 저에게 얼마나 많은 걱정이 쏟아졌는지 모릅니다. 부모님, 친구들, 친척들 모두 제가 그림을 그만두었다는 것이 무척 의외였나 봅니다. 그만큼 저는 미술에 목매던 아이였고, 미술을 사랑한 아이였으니까요. 이유를 묻는 질문에 그저, “입시 미술이 맞지 않아서.” 하는 대답만 했습니다.

담임 선생님은 제가 겨울방학 보충수업 신청서를 내자 저를 따로 불러 상담하셨습니다.

“영선아, 넌 미술 하니까 보충수업을 못하지 않니?”

저는 미술을 그만뒀다고 했습니다. 선생님은 조심스레 이유를 물어보셨습니다.

“많이 벅차서요. 미술을 잘하고 싶었는데 공부도, 내신도, 미술도 다 잘하라고 강요하니 힘들었어요. 돈도 아깝고요.”

저는 고민과 고민을 거듭하고, 괴로움과 싸우며 냈던 결론만 말했습니다. 저는 제 선택과 제 마음을 완전히 이해해 주고 알아줄 사람은 없을 것으로 생각했습니다. 그때까지 응원 한마디 해 주던 사람도 없었습니다.

하지만 선생님은 달랐습니다. 제가 다시 새로운 진로를 정하고 앞으로 나아가게 한 것은 선생님이 해 주셨던 말 덕분이라 해도 과장이 아닙니다. 미술을 그만두고 나서 방황하는 저에게, 누군가 저를 ‘믿고 있다’는 마음이 가장 잘 느껴지던 말이었습니다. 그 말과 선생님 얼굴은 아직도 잊을 수가 없습니다.

“그래. 네가 그렇게 느꼈다면 선생님은 그게 맞는 거로 생각해. 너는 생각이 깊은 아이니까 오래 생각하고 결정했을 거라 믿어. 그래도 그 시간 동안 미술이든, 또 다른 무엇이든 많은 걸 배운 것같이 보이네. 앞으로 우리 열심히 하자.”

짝사랑

○○○과 ○○○

이 이야기는 내가 고등학교 3학년 때 있었던 일이다. 고등학교 마지막인 3학년 반 배정을 듣고 개학식 날 설레는 마음으로 교실에 들어갔다. 그때는 다들 너무 어색하고 말도 못 걸었다. 다행히 친구 한 명이랑 같은 반을 하게 돼서 다행이었다. 3월 초 반에 키가 크고 조용한 남자애가 있었는데 자꾸 눈길이 갔다. 나도 모르게 그 친구한테 눈길이 가고 관심이 생겼다. 아마도 그 친구가 키는 크지만 조용하고 무뚝뚝하고 조심히 행동하는 모습이 좋았던 것 같다. 그러다가 우연히 자리 배정이 앞뒤로 됐다. 그때 너무 좋아서 자리를 바꾸고 싶지 않은 마음이 들었다. 그 자리에 앉았을 때 숙제가 있어서 뒤를 돌아봤는데 그 친구가 나한테 말을 걸어줬을 때 하루 종일 기분이 좋아서 붕 뜬 기분이었다. 어떤 날은 그 친구가 아파서 학교를 못 나온 적이 있었다. 그날은 나도 하루 종일 재미없고 우울했다.

급식을 먹으러 갔는데 그 친구 무리가 옆 테이블에서 급식을 먹을 때도, 복도에서 그냥 마주쳐도, 학교에서 일어나는 사소한 일이 그 친구 덕분에 즐거웠다. 체육 시간 때 조를 짜서 배드민턴을 치는 수업이 있었다. 수업이 끝나고 선생님이 자유 시간을 줬을 때 그 친구랑 다른 남자애랑 같이 배드민턴을 치자고 용기 내서 말했다. 그래서 같이 팀을 짜서 배드민턴을 쳤다. 조금이라도 그 친구 옆에 있었고 같이 배드민턴을 쳤다는 게 너무 기뻤다. 그 친구랑 가까워진 느낌도 들었다. 체육이 끝나고 더워 내 물병을 빌려 물을 마신 것도, 같은 길로 교실에 들어간 것도 마냥 좋았다. 아침 등굣길에서도 마주친 적이 자주 있어 계단을 같이 올라갔다. 그때는 아침부터 기분이 좋았다. 한 학기 동안 그 친구 덕분에 평범한 나의 일상이 하나하나 소중해지고 행복한 일이 될 수 있다는 게 너무 좋았다.

여름방학이 되고 그 친구를 한 번도 본 적이 없었지만 개학을 기다리면서 지냈던 것 같다. 학교에서 힘든 일이 생겨도 그 친구를 생각하면 기분이 좋아져 금방 풀렸던 것 같다. 그 친구에게 보이지 않은 위로와 힘을 받은 거 같아 아직도 너무 고맙다. 시간이 지나서 9월이 됐을 때 그달 중에 걔 생일이 있었는데 별로 친하지 않아서 생일을 축하한다고 말을 못한 게 너무 아쉽다. 좀 더 용기를 냈으면 할 수 있지 않았을까, 하는 생각이 든다.

점점 수능이 다가오고 수능 전날에 과자를 주는 날이 있었다. 그때 그 친구한테 주려고 예쁘게 포장한 과자를 고민하다가 샀다. 학교에 가져갔는데 우물쭈물하다가 사물함에 넣어 두고 그 친구가 다른 친구들이랑 같이 놀지 않을 때를 기다렸다. 복도에서 그 친구가 오기를 기다리다가 안 와서 그냥 교실 뒷문으로 들어갔다. 그런데 그때 그 친구가 오는 걸 봤다. 하지만 나는 다시 나가진 못했다. 아마도 부끄럽고 안 받아주면 어쩌지 하는 생각에 용기가 나질 않아서 못 나갔던 것 같다. 그때 줬어야 했는데 결국 과자는 주지 못했다. '왜 용기를 내지 않았지?' 하는 생각이 가장 많이 들었다. 그때 줬더라면 지금까지 후회는 하지 않겠지, 하는 생각을 아직까지도 하고 있다.

수능을 보는 날이 되고 수능을 쳤다. '그 친구는 잘 보고 왔을까?' 생각을 했다. 수능이 끝나고 학교에 나갔는데 그 시기에 애들은 거의 학교에 나오지 않았다. 학교에 나간 날은 멀티미디어실에서 영상을 보고 설명을 듣는 시간이 많았다. 영상을 보고 나서 나가는 길에 그 친구랑 눈이 마주쳤다. 아마도 그때가 마지막으로 그 친구 얼굴을 제대로 본 것 같다. 아직도 생생히 기억나서 잊을 수가 없다. 시간이 지나서 졸업식 날이 되었는데 그날은 그 친구를 자주 볼 수 없었다. 마지막이었는데 말이라도 걸어 볼 걸 그랬다.

그 친구가 졸업장을 받는 걸 지켜보고 나도 졸업장을 받고 친구들과 인사를 하면서 아쉬운 마음을 달랬다. 생각해 보면 마지막 고3은 즐겁고 행복한 기억이 많은 것 같다. 가장 후회되는 일은 좋아하는 친구에게 말도 못해 보고, 인사도 제대로 해 보지 못하고, 그렇게 끝났다는 게 너무 아쉽고 슬프다. 만약에 내가 다시 고3으로 돌아간다면 그 친구한테 망설이지 않고 말하고 싶다. 지금처럼 절대 후회하지 않도록.

그래도 나는 너무 좋았다. 그 친구 덕분에 하루하루가 즐겁고 설레는 날을 보냈다는 게. 아직도 고3 때 그 친구를 좋아하면서 있었던 일을 잊을 수 없다. 후회도 많이 되는 날이지만 나한테는 너무 좋은 추억을 만든 것 같고 경험을 한 것 같아서. 아직도 그 친구를 좋아하지만 언젠가 기회가 된다면 꼭 만나서 이야기하고 싶다.

세배

식품생명공학과 차정연

중학교 2학년 때 만난 남자 친구 이야기를 적어 본다. 초등학교 동창이어서 남녀 공학인 중학교에서도 만나게 되었다. 초등학교 때도 사귀었지만 헤어진 후에는 서로 어색해져 말 한 번 못해 봤다.

중학교 2학년이 된 후 복도를 지나가다 우연히 그 친구를 만나게 되었다. 멀리서 그 친구인 것을 확인하고 머릿속으로 '어떡하지?' 생각하는데 그 친구가 나에게 인사를 했다. 인사를 받는 순간 나도 모르게 부끄러워지고 얼굴이 빨개져 고개를 들 수가 없었다. 손으로만 인사를 한 뒤에 빨리 교실로 들어와 버렸다. 수업을 듣던 중에 그 친구에게 카톡이 왔다. 복도에서 마주쳤던 것을 계기로 그 친구와 카톡을 시작하게 되었다. 학교생활, 초등학교 때 이야기도 하고 서로에 대해 궁금한 점을 물어보면서 서로 호감을 가지게 되었다.

그러던 중, 10월 10일 밤, 그 친구가 잠깐 할 말이 있다고 만나자 했다. 밖에 나가 보니 그 친구가 집 앞에 서 있었다. 그 순간 기분이 정말 묘했다. 어색해서 서로 이러지도 저러지도 못했다. 그런데 갑자기 그 친구가 진지하게 물었다.

"나 할 말 있는데 시간 되지?"

"응!"

나는 이 친구의 진지한 모습에 당황했다.

"나, 사실 너랑 연락하면서 느낀 건데, 너 많이 좋아해! 나랑 사귈래?"

사귀자는 말을 듣는 순간 심장이 터질 것같이 빨리 뛰기 시작했고 머릿속이 하얘졌다.

"응? 갑자기? 일단 집에 가서 내가 연락할게."

"알겠어!"

그 친구 앞에서 말하기가 떨려서 집에 들어왔다. 들어오자마자 나는 기분이 너무 좋고 설레고 용기 내서 고백한 그 친구가 멋있었다. 그 친구에게 카톡으로 '좋아, 잘 사귀자!' 보내면서 사귀게 되었다. 사귄 뒤에는 복도에서 마주치거나 그 친구가 밖에서 운동하는 것을 보면 설레었다. 항상 밝게 웃고 모든 일에 긍정적인 친구였다. 학교가 끝나면 같이 영화도 보러 가고 놀러 가서 사진도 찍고 도서관에서 공부도 하면서 거의 그 친구와 같이 지냈다. 같이 지내서인지 모를까 그 친구에게 바라는 마음도 커져 갔다. 하지만 그 친구는 항상 자기 자랑만 늘어 갔다.

"나 오늘 상 받았어."

"나 시험 전교 5등 했다."

내가 그 친구에게 칭찬을 해 주면,

"나도 알아."

"역시 내가 좀 잘하긴 하지."

자기 자랑만 했다. 그 친구가 자랑을 할수록 점점 싫어졌다.

싫어지는 것과 동시에 학교 내에서 한 남자아이가 한 여자아이를 감금하는 모습을 보게 되고 선생님들의 돈을 훔치는 일이 생기면서 나도 모르게 남자를 멀리하게 되었다. 솔직히 무서웠다. 그 친구도 무서워서 잘 만나지 않았다. 그런데 이 친구는 내가 만나고 싶을 때까지 기다려 주고 남자를 무서워하는 나를 보면서 일부러 사람이 많이 안 다니는 곳에서 놀자고 했다. 남자들이 올 때마다 자기가 남자들 옆에 서 주곤 했다. 내가 무서워 할 때마다 웃으면서 걱정하지 말라고 나를 안심시켜 주었다. 자랑은 안 줄었지만 나를 생각해 주는 마음에 다시 그 친구가 좋아졌다. 그러다 문득 이런 생각이 들었다.

'이 친구는 나처럼 상처가 있을까?'

'사람은 누구나 상처가 있을 텐데 왜 티를 안 내지?'

며칠이 지나도 그 친구는 우울한 날 없이 항상 웃으면서 지냈다. 나도 부모님에게 사랑을 받고 자랐지만 이 친구를 보면서 정말 사랑받고 자랐다고 생각했다. 사랑을 많이 받아서 자랑을 많이 하는구나, 하는 생각이 들었다. 그래서 그 친구가 자랑을 해도 이해하게 되었다. 서로 좋아서 같이 놀고 하다 보니 다음 해를 맞이하게 되었다.

1월 1일, 같이 해 뜨는 것도 보러 가고 소원도 하나씩 빌었다. 그 친구가 무슨 소원을 빌었는지 궁금해서 물어보았다. 하지만 그 친구는 절대 가르쳐 주지 않았다. 그 친구는 소원이 이루어지면 말해 주겠다고 했다. 나는 알겠다고 했지만 그래도 궁금해서 카톡으로 무슨 소원을 빌었는지 알려 달라고 했다. 그 친구는 끈질기게 절대 알려 주지 않았다.

설날이 와서 부모님에게 세배를 하고 가족들과 같이 떡국을 먹고 있었다. 그 친구에게 뜬금없이 전화가 왔다. 전화를 받는 순간 그 친구가 나에게 자랑할 것이 있다고 했다. 나는 또 자랑질이네 하면서 뭐냐고 물어보았다. 그 친구는 완전 행복한 목소리로 말했다.

"나 오늘 엄마한테 처음으로 세배했다!"

"왜, 처음이야?"

"나 사실 보육원에 살아서 엄마 3년마다 보는데 6학년 때 처음 보고 중3 돼서 처음으로 세배 했어! 나 너무 좋아!"

이 말을 듣는 순간 나도 모르게 눈물이 났다. 그 친구도 울음을 참느라 목소리가 떨렸다.

"나 사실 소원이 엄마한테 세배할 수 있게 해 달라는 거였어. 너한테 소원 이루어지면 당당하게 말하고 싶어서 말 안 했던 거야. 엄마가 6학년 때 울지 말고 항상 웃으면서 지내라 해서 슬퍼도 맨날 웃었고 엄마 자랑은 못해도 내 자랑은 많이 하라 해서 많이 하고 다녔어."

그 말을 듣는 순간 이 친구는 내가 힘들 때 나를 지켜 줬는데 나는 이 친구에게 무엇을 해 줬을까 하는 마음에 내 자신이 너무 부끄럽고 그 친구에게 정말 미안했다. 한편으로는 힘든 집안 사정을 나한테 용기 있게 먼저 말해 줘서 고마운 생각도 들었다.

나는 해마다 세배를 할 때마다 이 친구가 생각이 난다. 이 친구는 어린 나이지만 철이 든 친구였고 나를 철들게 해 준 친구이다. 안 좋은 일 때문에 자신감이 사라진 나를 기다려 주고 배려해 준 고마운 친구이기도 하다. 이 친구 덕분에 남이 미운 행동을 해도 다 그런 이유가 있겠구나, 하면서 남을 함부로 대하지 않게 되었다.

광주대 농구부에 오기까지

한국어교육과 홍채린

나는 초등학교, 중학교, 고등학교를 운동으로 지내 왔다. 그래서 1년 전 대학교를 결정하는 데 너무 힘들었다. 고등학교 때부터 어머니와 얘기를 했다. 계속해서 고민하고 얘기해 왔다. 프로를 가기엔 아직 많이 부족하다고 느껴서 대학을 선택했다. 대학농구 중엔 춘천 한림성심대학교, 천안 단국대학교, 전주 비전대학교, 광주대학교, 수원대학교, 용인대학교, 부산대학교, 당진 세한대학교가 있다. 고등학교 2학년 첫 콜이 왔던 곳은 한림성심대와 단국대였다.

단국대학교도 가고 싶었지만 마음이 끌리는 곳은 한림성심대였다. 어딜 갈지 고민하고 고민했지만 정하지 못하고 어느 새 고등학교 3학년이 되어 버렸다. 고등학교 3학년 땐 너무 빠듯했다. 나는 아직 생각해 본 대학교가 없었다. 고등학교 3학년 광주대학교에 전지훈련 왔을 때 여긴 언제 봐도 신기한 학교라고 생각했다. 광주대학교는 운동이 어마어마하게 힘들다고 소문이 나 있었다. 광주대도 좋았지만 가고 싫지는 않았다.

내가 버틸 수 없는 곳이라 생각을 했기 때문이다. 그동안 시합도 나가고 전지훈련도 많이 갔다 왔다. 어느 날 용인대학교로 1박 2일 전지훈련을 가게 되었다. 용인대학교는 농구 대학 중에서 많이 알아주고 상위권에 드는 팀이었다. 기회라고 생각하고 용인대랑 게임 뛸 때 최선을 다했다. 1박 2일이 지나고 다음 날 학교에서 아침밥을 먹는데 코치님이 다짜고짜 용인대를 가라고 하셨다. 밥 먹는 도중에 갑작스러웠지만 용인대에서 나를 원한다고 하셨다.

나만 한 애가 없다고, 필요하다고, 용인대를 가면 선수가 없기 때문에 게임을 바로 뛸 수 있는 기회도 생긴다고 하셨다. 나는 순간 혹했다. 내가 필요하다고 하니깐. 그런데 용인대학교는 운동뿐만 아니라 공부도 필수로 해야 하는 그런 학교였다. 고등학교 땐 운동에만 전념했는데, 용인대학교를 가면 운동도 벅차고 공부도 해야 한다는 생각 때문에 조금 고민했다.

물론 등록금도 만만치 않았다. 그래도 나는 용인대학교가 싫지는 않았다. 많이 알아주고 여자 농구팀에선 상위권을 달리고 있었기 때문이다. 그래서 점점 마음이 용인대학교로 기울었다.

어머니랑 처음 얘기를 했을 땐 어머니는 무조건 용인대학교를 가라고 하셨다. 돈 걱정 하지 말라며 어머니가 뒷바라지 다 해 준다고, 딴 곳 생각하지 말고 용인대학교만 가라고 하셨다. 용인대학교를 가면 게임도 바로 뛸 수 있었기 때문이다. 나는 생각이 달랐다. 나도 물론 용인대를 가고 싶어 했지만 등록금 때문에 별로 가고 싶지 않았다. 나는 대학 등록금에 대한 개념이 없었는데 용인대학교 등록금을 듣고 깜짝 놀랐다. 기숙사비, 식비, 내가 쓰는 용돈까지 어마어마했다.

엄마는 마음 쓰지 말라고 하셨는데 나는 도저히 신경을 안 쓸 수가 없었다. 하루가 지나고 이틀이 지나도 결정을 할 수 없었다. 어머니와 얘기도 하고, 아버지도 용인대를 가라고 하셨다. 몇 날 며칠을 고민 끝에 나는 용인대로 결정을 했다.

이미 대학교도 정해졌으니 아무 생각 없이 운동만 했다. 그리고 어느 날 수원대학교로 전지훈련을 갔다. 훈련이 끝나고 아침에 코치님이 수원대에서 우리 농구부를 원한다고 하셨다. 나는 이미 용인대학교로 정했는데 수원대에서 또 콜이 오니 막막해졌다. 어렵게 고민했는데 또 고민을 해야 된다니. 코치님은 잘 생각해 결정하라고 하셨다. 수원대학교도 물론 좋지만 대학 농구 쪽에선 하위권을 달리고 있었다. 나는 갑자기 마음이 흔들렸다. 용인대도 좋지만 수원대도 나쁘진 않았다. 나는 결정할 수 없었다.

나는 또 어머니와 고민을 같이 했다. 엄마는 무조건 용인대학교를 가라고 하셨다. 그렇게 또 몇 날 며칠을 고민 끝에 용인대학교로 아주 마음을 굳혔다. 용인대학교로 마음을 먹고, 이미 대학을 정했기 때문에 고민을 더 이상 하지 않았다.

전국체전이 있기 한 달 전 광주대학교 농구부 언니한테 전화가 왔다. 이런저런 얘기하다가 언니가 광주대 괜찮다며, 광주대에 이런저런 좋은 얘기를 해 주셨다. 나는 또 마음이 아주 조그맣게 흔들렸지만 내 마음은 이미 용인대학교로 가 있었다.

다음 날 모르는 번호로 전화가 왔다. 광주대학교 농구부 감독님이셨다. 감독님은 나에게 광주대학교를 오고 싶어 했냐고 물어보셨다.

난 광주대학교를 가고 싶은 마음 없지 않아 있었다. 그 말을 듣고 나는 바로 대답해 버렸다.

"네."

감독님은 내 말을 듣자마자 광주대학교에 대해 이것저것 얘기해 주시고 설명해 주셨다. 광주대학교의 혜택, 프로 진출을 위해 마음 써 주겠다는 말……. 나는 또 고민을 해야 했다. 나는 이미 용인대로 마음을 굳혔는데 광주대학교라니! 고민할 수 있는 시간은 이틀이었다. 나는 감독님 말에 혹했다. 너무 흔들렸다. 용인대는 생각도 안 나고 광주대만 생각했다. 하지만 광주대를 가면 잘 버틸 수 있을까, 하는 생각이 들었다.

무조건 용인대를 바라던 어머니도 광주대에 가라고 하셨다. 나는 광주대를 간다고 감독님과 어머니에게 말씀드렸다. 용인대학교도 가고 싶었지만 등록금이 부담되었다. 그래서 나는 대학교를 바꾸고 바꿔서 결국 광주대학교에 왔다.

광주대학교에 오면 뛸 자리가 별로 없고, 용인대학교를 가면 바로 주전으로 뛸 수 있는 것을 포기했다. 광주대에 오고 난 뒤 3월 첫 시합에만 집중했다. 비록 팀 내에서 주전은 아니었지만 노력했다. 그런데 주전으로 뛰던 선수가 부상을 입어 나에게 뛸 수 있는 기회가 생겼다. 3월 시합이 다가오기까지 아파도 참고 최선을 다했다. 이게 정말 기회라고 생각하고 노력했다.

열심히 한 덕에 우승을 했다! 수비상까지 탔다. 나에게 너무 값졌다. 고등학교 내내 아무리 노력해도 안 되니깐 그냥 포기했던 경우가 많았다. 하지만 대학교에서 이렇게 노력하고 얻은 게 있으니 뿌듯했다. 광주대학교에 온 것이 나에겐 너무너무 좋은 결과인 거 같다. 가끔 내가 용인대학교를 갔으면 어떻게 됐을지 상상하곤 한다. 나는 지금까지 와서 큰 고민을 해 본 적이 없다. 남들한텐 아무것도 아닐지 몰라도 나에겐 내 인생에서 가장 큰 고민이었다. 내 앞날을 위해서 잘 선택해야 하는 길이었으니까.

사과 한마디

사회복지학부 김영대

나는 24살의 밝고 긍정적인 남자이다. 어딜 가도 적응을 잘하고 그곳의 문화라든지 사람들과 금방 친해지게 된다. 이런 내가 군대를 가서 큰 충격을 받으며 스트레스를 받은 적이 있다.

때는 2년 전, 대학생활을 즐기며 아름다운 청춘을 보내고 있었는데, 청천벽력과도 같은 입영통지서가 날아왔다. 언젠간 가야 한다는 생각은 항상 하고 있었지만 막상 종이를 받아 보니 심장이 두근거리고 한숨과 걱정이 늘어만 갔다. 군대에 가기 두 달 전부터 입대 사실을 잊으려는 듯 미친 듯이 놀며 시간을 보냈다. 그렇지만 날짜가 가까워질수록 잊히기보다 점점 더 뚜렷해졌다. 결국 결전의 날이 밝고 나는 짧은 머리를 매만지며 수많은 빡빡이들 무리에 섞여 들어갔다. 그러나 걱정과는 달리 뛰어난 성적으로 훈련병 수료를 마칠 수 있었고, 덕분에 조교로 선발이 되어 신병교육대에서 복무를 하게 되었다.

훈련병 시절 눈도 마주치기 힘들었던 조교들이 이젠 말을 섞을 수 있는 선·후임 사이가 되었다는 게 믿기지 않을 정도로 좋았다. 게다가 좋은 성적으로 수료를 했다는 자신감 때문인지 나는 다른 이등병들과는 달리 밝은 모습으로 선임들을 대했다. 그러나 문제는 항상 따르기 마련이다. 선임들 중 나를 아니꼽게 보던 몇몇이 조금씩 티를 내기 시작했다.

"너 이새끼, 왜 그렇게 실실 쪼개고 다녀? 군대가 장난이냐? 선임이 우스워?"

나는 평소에도 잘 웃었다. 또 밝은 모습이 좋다는 말을 자주 들었다. 그런데 웃는 모습이 싫다는 말을 들으니 어이가 없는 건 당연하고 몸에 힘이 쭉 빠졌다. 그렇게 나는 따돌림과 갈굼의 대상이 되었다.

어느 화창한 주말 아침, 분대별로 밥을 먹게 되었는데 선임들이 내 동기들에게 말을 걸었다.

"오늘 뭐 할 거냐? 요즘에 힘든 일은 없고?"

"선임 분들께서 잘 챙겨 주셔서 힘들지 않습니다!"

물론 나도 큰소리로 대답했다. 그러나 나에게는 질문은커녕 눈길 한 번 주지 않았다. 이러한 상황이 반복되다 보니 나는 잘 웃지도 않고 늘 힘없이 다니게 되었다. 동기들만이 나를 위로해 주었고, 선임들은 나를 꾸짖었다.

"야, 하기 싫으면 하지 마. 괜히 분대 분위기 흐리지 말고."

나는 서커스의 피에로마냥 억지웃음을 지으며 밝게 행동하고 다녔다. 하지만 선임들은 애초에 내가 그냥 싫어 웃으면 웃는다고, 조용히 있으면 왜 처져 있냐며 온갖 트집을 잡았다.

이 시기에 나는 '자살'이라는 단어가 자주 떠올랐다. 평소 나는 자살하는 사람들을 보면 불쌍하기도 했지만 한편으로는 이해가 가지 않았다. 자살할 용기로 그 상황을 벗어나려는 노력을 한다면 바뀔 수 있을 거라 생각했기 때문이다. 하지만 막상 내가 그 상황을 겪게 되니 아무것도 할 수 없었다. 나는 그저 힘없는 이등병이었다. 막사를 돌아다닐 때면 최대한 선임들 눈에 띄지 않는 곳으로 다녔고, 일과 시간이 끝난 뒤에는 생활관이나 전화 부스에서 나오지 않았다. 나는 이렇게 비참하게 생활을 하느니 차라리 죽는 것이 낫다고 생각하고 적당한 날을 기다리고 있었다.

어느 날, 맞선임이 나를 불렀다.

"영대야, 잠깐 얘기 좀 할까?"

나는 '또 혼나겠지?' 하며 선임을 따라갔다. 선임은 연병장 뒤쪽 낡은 창고로 걸어가다 돌아서며 나에게 물었다.

"혹시 요즘 무슨 힘든 일 있니? 너 표정이 너무 안 좋은데?"

예상과는 달리 혼내려던 것이 아니었다. 그러나 나는 무뚝뚝한 표정으로 아무 일 없다고 했고, 선임은 의자에 앉아 이리 앉으라며 손짓을 했다. 그렇게 우리는 아무 말 없이 30분 정도 앉아 있었고, 나는 먼저 일어나도 되겠냐며 선임의 얼굴을 살폈다. 사실 후임이 먼저 일어나는 일은 없지만 그때 당시 나는 모든 것을 포기한 상태이기도 하고 그 선임과 약간 마찰이 있었기에 막 나갔던 것 같다.

자살을 생각하기 전, 식당에서 밥을 먹고 있던 어느 날, 맞선임이 앞을 지나갔다. 나는 당시 모든 선임을 싫어했으므로 눈을 마주치지 않고 식사 인사를 건넸다. 그러자 선임은,

"너는 인사를 그따위로 하라고 가정교육 받았냐?"

순간 나는 너무 화가 나서 자리를 박차고 일어났다.

"예, 그렇게 배웠습니다!"

툭 내뱉으며 자리를 떠 버렸다.

이런 일이 있었기에 선임과 나는 당연히 어색할 수밖에 없었다. 그렇게 내가 서서히 자리를 뜨려던 순간,

"영대야, 많이 힘들었지? 미안하다. 이제 용서해 주라."

정적이 흘렀고 난 그 자리에서 움직이지 못했다. 처음으로 들어보는 선임의 사과였다. 이때까지 쌓아 두었던 서러움과 분노가 내 눈에서 조용히 흘러내렸다.

난 선임들 중 맞선임이 가장 미웠다. 맞선임이라면 누구보다 나를 위로해 주고 감싸 줘야 한다는 괜한 기대를 해서인지 더 그랬던 것 같다. 뒷일이지만 나는 내 맞후임에게 누구보다 잘해 주었다고 자부할 수 있다.

그렇게 몇 분 동안 나는 눈물을 흘렸다. 그동안의 설움을 토하듯 내 앞에 앉아 있는 맞선임에게 마음속 말을 머리를 거치지 못한 채 모두 토로하고 말았다. 나는 그렇게 슬픔과 분노를 눈과 입으로 뱉어내고 점점 진정이 되었다.

'이제 정말 혼나겠구나…….'

맞선임이 입을 열었다.

"정말 미안하다. 내가 많이 못나서 그랬어."

많은 감정이 내 속에서 소용돌이쳤지만 꾹 참고 말했다.

"제가 김새혁 일병님을 봐서라도 최대한 노력해 보겠습니다. 아까

는 죄송했습니다."

난 이 일이 있은 뒤로 무슨 일이 있었냐는 듯 웃으며 행동하고 밝은 모습을 보였다. 선임들과는 사이가 안 좋았어도 간부님들과 정말 친했기 때문인지 점점 나를 챙겨 주고 좋아해 주는 선임들도 생기기 시작했다. 나를 따돌리는 무리의 중심이었던 선임이 말년을 거쳐 전역 날이 다가왔을 땐 내 전성기가 시작되었다.

난 이 일을 군생활 내내 잊지 않았고 덕분에 후임들에게 정말 잘해줄 수 있었다. 아무리 내가 선임이라 할지라도 내 잘못이 있다면 후임에게도 사과를 했다. 후임들은 그런 나를 많이 따라 주었고, 그렇게 기다리던 전역 날엔 많은 아이들이 나와서 나의 전역식을 축하해 줬다.

이 글을 쓰면서 오랜만에 잠깐 추억에 잠길 수 있었다. 난 아직도 '미안해'라는 말이 꽤 어렵다. 그렇지만 누구보다 사과의 중요성을 알기에 앞으로 더욱 더 노력할 생각이다. 그리고 그때 나를 괴롭히던 선임, 이제는 그냥 동갑내기지만 어쩌다가 만난다면 꿀밤 한 대 정도는 괜찮을 것 같다.

평범한 날 평범한 아침에 평범한 교복을 입고
평범한 학교를 나가는 그 등굣길이 나에게는 평범하지 않았다.
벌써 3학년이기에 친구를 사귀기에도 시간이 너무 많이 지나 버렸고,
내가 배우던 것과는 너무 다른 교육 과정이 따라가기 벅찼다.
그때 나에게 학교에 가고 수업을 듣고 집에 올 때까지의
모든 일이 마치 과녁 없이 활을 쏘는 것처럼 느껴졌다.

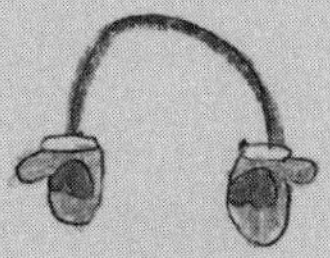

셋

겨울날의 기억

사람은 살면서 잊히지 않는,
시간이 지나도 생각나는 사건이나 사고가 하나씩은 있을 것이다.
들어보면 자신이 충격 받았던 사건이나 사고가
기억에 되게 오래 남는다고 한다.
내가 어렸을 때 충격 먹거나 생각나는 일을 지금 써 보려고 한다.

엄마의 믿음

관광경영학과 조현희

나는 내가 가진 것을 자랑하고 싶어 하는 보통의 초등학교 2학년이었다. 그날도 아빠가 새로 사 주신 만화책을 들고 등교했다. 학교에 도착해 친구들에게 만화책을 빌려 주며 나름 자랑스러워하고 있었다.

점심시간을 알리는 종이 울렸고, 내일 마저 빌려 주겠다며 친구에게 책을 받아 가방에 넣었다. 밥을 먹고 청소를 끝낸 뒤 종례를 위해 자리에 앉았다. 선생님이 들어오셨고 알림장을 받아 적기 위해 가방을 열었다. 뭔가 허전한 느낌이 들었다. 책이 없었다. 혹시 다른 곳에 뒀나 싶어 친구들이 다 간 뒤 혼자 남아 책을 찾아봤지만 헛수고였다.

엄마는 평소 훔친 사람은 하나의 잘못을 하는 거지만 잃어버린 사람은 죄 없는 여러 사람을 의심하게 될 수도 있기 때문에 훔친 사람보다 잃어버린 사람이 더 잘못했다고 하셨다. 그런 엄마한테 책을 잃어버렸다는 걸 들켜서 혼나는 게 무서워 책 찾는 걸 포기하고 집에 도착하자마자 방에 들어가 문을 잠갔다. 배가 아프다며 저녁밥도 먹지 않고 오줌이 마려웠지만 화장실도 가지 않았다. 눈을 감고 내일 학교에 가서 책을 찾게 해 달라고 기도했다.

다음 날 눈을 뜨자마자 화장실로 향했고 빠르게 준비를 했다. 학교를 가서 친구들과 함께 책을 찾아봤지만 역시나 보이지 않았다. 그때 친구 한 명이 내 어깨를 툭툭 치더니 전화를 받으라며 자신의 핸드폰을 주었다. 전화를 받아 봤지만 잘 들리지 않아서 "네?" 하고 묻기만 하다가 핸드폰을 돌려줬다. 친구에게 누구냐고 물었더니 웃고 넘어갈 뿐이었다.

수업 종이 쳤고, 컴퓨터 수업을 하기 위해 컴퓨터실로 가고 있었다. 줄을 서서 친구들과 장난을 치고 있는데 스피커에서 안내 방송이 나왔다.

"2학년 4반 조현희 학생은 지금 바로 교실로 와 주시기 바랍니다."

무슨 일인가 싶어 선생님에게 말씀드리고 교실로 달려갔다.

교실에 도착해 뒷문을 열자마자 누군가 나를 끌어안았다. 엄마였다. 엄마 얼굴은 눈물로 범벅되어 있었다. 엄마는 계속 흐느껴 울었다.

"아니지? 현희야, 아니지? 엄마는 우리 현희 믿어."

이 말만 반복하셨다.

엄마가 우는 모습을 보니 나도 모르게 눈물이 나오려 했다. 그때 아줌마 두 분이 문을 열고 들어왔다. 엄마와 나를 보더니 한 아줌마가 나한테 다가왔다. 키가 크고 눈매가 날카로워 인상이 무서운 아줌마였다.

엄마는,

"우리 딸이 그랬을 리가 없어요. 우리 딸 그런 애 아니에요."

하시며 내 앞을 막아섰다.

아줌마는 엄마를 밀치고 제지하려는 담임 선생님 손까지 쳐냈다. 아줌마가 바로 내 앞까지 다가와서 나를 내려다봤다. 170이 넘는 아줌마는 나에게 위협적인 인물이었다. 나는 그 아줌마에게 잘못한 게 없었지만 자연스레 위축이 되는 건 어쩔 수 없었다. 아줌마는 나를 향해 손을 들었고, 엄마는 다시 한 번 아줌마에게 달려들어 울면서 나를 떼어 놨다. 상스러운 욕을 들으며 맞고만 있는 엄마와 말리고 있는 선생님을 보자 눈물이 났다. 처음 겪어 보는 낯선 상황이라 몸까지 떨렸다. 그 순간 옆에서 아줌마와 같이 온 친구 분이 옆 반 선생님에게 이야기하는 걸 듣게 되었다.

"그러게 왜 친구 돈을 뺏어. 재 엄마도 자기 딸이라고 감싸는 거 봐요. 그래 봤자 도둑년이랑 도둑년 엄만데. 자식 교육을 잘못시켜도 한참 잘못시켰어."

그 이야기를 듣자마자 눈물을 닦고 아줌마한테 갔다. 그러고는 당당하게 말했다. 나는 돈을 뺏은 적이 없다고. 아줌마는 어이없다는 듯이 나를 보다가 나에게,

"방금 너 아줌마랑 통화했는데 기억 안 나? 돈 뺏었냐고 물어보니까 맞다 했잖아. '네' 하고 대답했잖아."

하셨다.

나는 그때서야 그 아줌마가 누구 엄마인지 알게 되었다.

"잘 안 들려서 '네?' 하고 물어본 거였어요!"

하고 따졌고, 아줌마는 이제는 거짓말도 친다며 내게도 욕을 하기 시작했다. 엄마가 다가와 내 귀를 막았다.

수업이 끝나는 종이 쳤다. 친구들이 하나둘 반으로 들어오기 시작했다. 친구들 모두 어리둥절해하며 상황을 지켜봤다. 그때 내게 전화를 건네준 친구가 들어왔고, 선생님이 그 친구에게 정확한 상황을 물었다. 친구는 활짝 웃으며 이야기했다.

"아, 그거 거짓말인데."

친구는 엄마 지갑에서 돈을 훔치고 사라진 걸 들키자, 내가 만화책을 줄 테니까 엄마 지갑에서 돈을 가져오라고 했다고 거짓말을 한 것이다. 그리고 그 증거를 보이기 위해 내 만화책까지 훔쳐간 거였다. 나와 엄마는 그 거짓말 하나에 욕을 먹고 맞았으며 도둑으로 몰리기까지 했다.

아줌마는 사과도 하지 않고 교실을 나가 버렸다. 나는 긴장이 풀려 바닥에 주저앉아 목 놓아 울었다. 엄마도 마찬가지였다. 자존심이 센 편인 나는 평소에 친구들 앞에서 우는 걸 창피하게 생각했지만 당시에는 창피하다는 생각조차 하지 않았다.

선생님이 다가와 엄마와 나를 달래 주며,

"현희 정말 잘 키우셨어요. 정말 바르게 컸어요."

하셨다.

엄마는 그 말에 웃으며,

"알아요. 현희 정말 착해요. 저는 현희 믿어요."

대답했다.

나는 그 말이 너무 좋아서 더 서럽게 울었다.

말뚝박기

항공서비스학과 성은비

나는 학창시절을 참 재밌게 보냈다. 남녀공학을 나온 친구들보다 더욱 털털하고 신나게 놀았다고 자부할 수 있다. 술래잡기, 공기놀이, 탈출게임, 마피아게임, 카드놀이……, 그중 나는 말뚝박기를 가장 좋아했다. 학년 초마다 누가 먼저랄 것도 없이 말뚝박기를 하면서 친해졌다. 몇이서 하고 있으면 어디서 하나둘씩 나타나더니 같이 웃고 떠들면서 말뚝박기를 했다. 그때는 그것이 우리를 하나로 이어 주는 마술 같기도 했다.

말뚝박기를 하다 보면 때론 다치기도 했다. 목이 삔 친구, 등짝이 쓰라린 친구, 허리가 아픈 친구, 어깨가 아픈 친구, 참 많이도 다쳤다. 그래도 우리는 멈추지 않고 매일 말뚝박기를 하면서 놀았다. 15살 중학교 2학년이던 그날, 교무실에서 생소한 경험을 하게 됐다. 지나가시던 체육 선생님이 말뚝박기를 하는 것을 보고 깜짝 놀라 우리 모두를 교무실로 데리고 갔다. 말뚝박기를 하다가 교무실에 불려 가다니. 난생 처음 있는 일이고 앞으로도 없을 일이라 다들 웃음을 참고 있었다.

그때 체육 선생님이 우리더러 교무실에서 말뚝박기를 해 보라고 했다. 물론 반어법이었겠지만 우리는 뭐에 홀린 듯이 팀을 짜고 말뚝박기를 했다. 교무실에 있는 모든 사람들이 어이가 없어 웃으셨다. 교무실에서 말뚝박기를 하는 경험은 참 색달랐다.

더욱 잘 뛰어지는 거 같기도 하고 관중이 있다 보니 긴장도 되고. 결국 선생님들의 제지로 멈추긴 했지만. 그리고 위험한 놀이라고 다시는 하지 않기로 선생님과 약속을 하고 우리는 교실에 와서 다시 말뚝박기를 했다! 말뚝박기를 할 때 입는 옷도 따로 있다. 교복치마 안에 체육복을 입고 그것이 귀찮으면 무릎 담요를 허리에 칭칭 두르고 하곤 했다.

패션 테러리스트 수준의 옷이지만 너무너무 편하다. 고등학교 시절에는 교실 바닥 나무가 낡아서 가시가 돋아 있었다. 말뚝박기를 하다 그 나무 바닥에 엎어지기라도 하면 정말 상상도 하기 싫은 일이 벌어진다. 손에는 나무가시가 박히고 스타킹은 올이 나가 버린다.

지금 생각해도 끔찍한 순간이다. 손에 박힌 나무가시를 빼기 위해 우리는 항상 족집게와 손톱깎이를 들고 다녔다. 손톱깎이로 살을 가르고 족집게로 빼낼 때 순간 온몸에 소름이 돋곤 했다. 하루에 한 명은 가시가 박혀 수업 시간마다 우리는 늘 가시를 빼고 있었다. 이 정도쯤 하면 그만할 법한데 아픔보다는 말뚝박기의 즐거움이 컸나 보다.

그 시절 말뚝박기가 왜 그렇게 재밌었는지 모르겠다. 생각해 보면 정말 단순하고 무식한 게임인데. 친구들이랑 웃고 떠들었던 그 상황이 좋았다고도 생각이 든다. 공부에 지치고 이런저런 고민에 시무룩한 애들이 말뚝박기를 할 때면 생기 넘치는 얼굴을 하고 있으니, 다들 그 얼굴이 좋아 더 열심히 게임을 했다는 생각도 든다.

아직도 친구들과 그때 말뚝박기를 했던 이야기를 나누면서 웃곤 한다. 정말 너무 신기한 건 다들 그때 기억이 왜 그렇게 생생한지 모르겠다. 누가 졌는지 이겼는지 누가 세게 타는지 그걸 다들 어떻게 기억하는지 매번 같은 패턴의 이야기지만 할 때마다 재밌고 신기하다. 아, 그리고 말뚝박기를 하고 나면 체력 소모가 커서 배고픔이 밀려왔다. 다들 집에서 싸 온 간식을 하나하나 꺼내 옹기종기 나눠 먹곤 했다. 체력 소모가 큰 놀이를 해도 살이 빠지지 않는 데에는 다 이유가 있는 것이다. 말뚝박기를 하면서 다투기도 하고 싸우기도 했지만 늘 화해는 말뚝박기를 하다가 했던 것 같다. 정말 단순하면서 순수하던 때였다.

그때 그 시절이 지금 너무 그립고 소중하다. 그때 친구들과 그때처럼 놀고 싶지만 다들 바쁘게 생활하느라 모이기도 힘들어서 조금 슬프기도 하다. 그저 게임의 하나인 말뚝박기이지만 내게는 무엇보다 소중한 어떠한 것이고 친구들과 나에겐 큰 추억이다. 지금도 가끔 친구들과 말뚝박기나 한번 하자고 장난으로 얘기하곤 한다. 물론 그 친구들을 다 모으기도 힘들고 그때 맛이 날지는 모르겠지만. 말뚝박기는 내 학창 시절의 추억이자 그리움이다. 그 그리움을 친구들과 언제까지나 얘기하고 싶고 소중한 추억으로 남기고 싶다.

트라우마

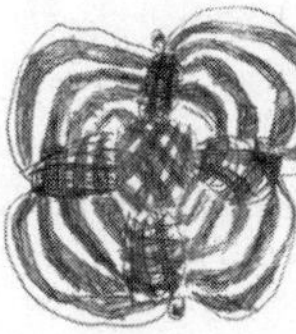

컴퓨터공학과 배기범

사람은 살면서 잊히지 않는, 시간이 지나도 생각나는 사건이나 사고가 하나씩은 있을 것이다. 들어보면 자신이 충격 받았던 사건이나 사고가 기억에 되게 오래 남는다고 한다. 내가 어렸을 때 충격 먹거나 생각나는 일을 지금 써 보려고 한다.

다섯 살 때 나는 노는 것을 좋아했고 정도 많아서 사람을 알아 가는 것도 좋았고 무엇보다 동물을 좋아했다. 외할머니가 주유소를 하는데 종종 놀러가곤 했다. 어머니도 그땐 거기서 근무를 했기 때문에 나는 거기에서 뛰노는 걸 좋아했다.

어느 날 외할머니가 큰 진돗개 한 마리를 데려왔는데 나만 보면 짖고 그래서 친해지고 싶었다. 그렇지만 그 큰 진돗개는 무서워 보여서 친해질 기미조차 안 보였다. 크림빵을 먹고 있다가 '아 내가 이걸 개한테 주면 좀 더 친해질 수 있겠구나.' 그래서 바로 실천으로 옮겼다. 개한테 빵을 먹으라고 입에 갖다 내는 순간 손이 욱신거리는 통증과 함께 피가 나고 있었다.

나는 아프기도 하고 당황해서 울고 있는데 엄마가 달려와 나를 데리고 얼른 병원에 갔다. 치료 받고 혹시 모르니 광견병 주사도 맞고 어찌어찌 그 사건은 잘 마무리가 된 것 같다. 그냥 난 단지 순수한 마음으로 빵을 줬을 뿐인데 그 큰 개가 콱 물어서 당황했다. 그 다음 날 주유소에 가니 진돗개는 없고 덩그러니 개집만 남아 있었다. 개에게 물리고 난 뒤 개를 싫어할 줄 알았다. 그런데 나는 개를 싫어하지 않고 무서워하지도 않았다.

이렇게 긍정적이고 활발하고 멍청한 나에게도 살면서 싫어하는, 아니 생각하기 싫은 사람이 하나 있다. 그건 바로 다름 아닌 외삼촌이다.

어렸을 적 부모님이 맞벌이를 해서 나에게는 여동생이 무거운 짐처럼 항상 붙어 다녔다. 두 살 차이밖에는 안 나지만 그때 부모님 말씀은 법이었으며 나 혼자 스스로 하는 게 많았다. 혼자 버스 타고 할머니 댁 가기, 혼자서 미용실 가기, 혼자 밥 먹기. 물론 동생이 있지만 동생은 내가 챙기고 나는 누가 챙겨 준단 말인가? 그게 너무 외로웠지만 그 외로움을 친구들로 달랬다. 노는 게 좋았고 친구들을 만나며 같이 뛰노는 게 좋았다. 하지만 나는 성적이 그다지 좋지 않았고 부모님 눈에는 항상 노는 것처럼 보여 나를 외삼촌한테 보내 과외를 시킨다고 했다.

그때 내가 왜 순순히 외삼촌한테 과외를 받는다고 했는지, 지금 생각해 보면 너무 바보 같다. 외삼촌에 대해 잠깐 소개를 하자면, 뭐든지 자기 멋대로 하고 자기중심적이며 아무도 내 앞길을 막을 수 없다는 성격이었다.

초등학교 6학년 겨울방학, 중학교에 올라가는 시점에 지옥 같은 하루가 시작됐다. 처음에는 나도 열심히 한번 해 보자는 식이었지만 이렇게 가다가는 자살하고 싶다는 생각이 들 정도로 너무 가혹하고 힘들었다. 숙제도 많았는데, 이 숙제 양이 초등학교 6학년이 하루 만에 끝내기 어려운 정도였고, 밥을 먹을 때도 음식을 남기면 억지로 다 먹어야 했으며, 음식을 남기면 그냥 맞았다. 책 읽기를 시키면 말 더듬는다고 맞고 글씨 쓰고 있는데 글씨가 이게 뭐냐고 맞고. 하루는 티비 보고 있는데 삼촌이 들어와서는 공부 안 하고 티비만 본다고, 빠졌다고 하면서 책상 위에 올라갔다. 올라가서 무릎 꿇고 앉았는데 사정없이 내 무릎을 회초리로 때렸다. 때리고 때리고. 회초리가 부러질 때까지. 그래도 분이 안 풀렸는지 개처럼 밟았다. 나는 울면서 "다시는 안 그럴게요. 한 번만 봐 주세요." 거지처럼 구걸했다. 그렇지만 외삼촌은 그냥 아무 말도 하지 않고 무차별하게 때릴 뿐이었다.

그날따라 너무 심하게 맞아서 부모님한테 말했다. 당연히 내 편을 들 줄 알았는데 부모님은 외삼촌 편을 들었다. 뭔가 배신감까지 들었다. 아들이 부모님도 아닌 다른 사람한테 이렇게 맞고 멍까지 들었는데, 서러워서 그날 엄청 울었다.

그때 처음으로 자살을 생각해 봤다. 초6 어린 나이에 과외 핑계로 가혹 행위를 한 것도 모자라 그토록 믿었던 부모님마저 이해해 주실 줄 알았는데 내가 싫어하는 사람 편을 들고. 몸도 마음도 너무 아팠다. 그래도 그 매질 속에서 나는 공부를 열심히 했다. 오른쪽 가운데 손가락에 볼펜을 얼마나 잡았는지 굳은살이 박였는데 지금까지도 남아 있다. 이 굳은살을 보면 아직도 그 악몽이 가끔 떠오른다.

결국은 활발했던 내가, 하고 싶은 게 있으면 당당하게 했던 내가, 할 말이 있으면 꼭 했던 내가 과외를 받고 난 뒤 사람들 눈치를 보게 되었다. 내가 우선이 아닌 다른 사람이 우선이 되어 버렸다. 또 남들 앞에서 발표하거나 내 생각을 말 못하는 소심쟁이가 되어 버렸다.

가끔 가족 모임을 하는데 외삼촌은 술을 먹으면 그때 일을 말한다.

"그땐 내가 미안했다. 나는 너가 더 잘됐으면 하는 마음이 더 컸어."

그럴 때마다 나는 멋쩍게 웃으면서 대답한다.

"괜찮아요, 삼촌."

"난 그때 일이 가물가물하는데 너도 그렇지?"

"네, 이제 기억도 안 나요."

나는 그냥 기억 안 나는 척하지만, 한 사람은 모르지만 당한 사람은 알고 있다. 이 말은 언제 봐도 진리인 것 같다.

미역줄기

컴퓨터공학과 김예림

내가 아주 어렸을 때 일이다.

나는 유치원을 동생과 함께 다니고 있었는데 키도 작았고, 다른 또래들보다 좀 더 왜소했으며 굉장히 소심했다. 엄마가 항상 "다른 친구들처럼 유치원에 엄마 아빠가 오면 반갑게 좀 맞이해 줘. 선생님들이 학부모가 아니라 외부인으로 보시잖니!" 이정도로 나는 소심함의 극치였다.

그 소심함이 문제라면 문제였다.

나는 유치원이 정말 가기 싫었다. 친구들이 문제가 아니라 바로 점심시간 때문이었다. 누가 들으면 비웃을 만한 이야기지만 나는 점심시간을 정말 극도로 싫어했다. 밥을 남김없이 먹지 못했기 때문에 언제나 끝까지 남아 있었다. 반찬이 남아도 영양사 아주머니에게 "저 그만 먹고 싶어요." 이렇게 말을 하지 못하는 것도 이유라면 이유였다. 그래서 나는 유치원 갔다가 집에 돌아오면 저녁마다 이불을 뒤집

어쓰고 울기에 바빴다. 아빠는 "유치원 왜 가기 싫어? 누가 괴롭혀? 그래도 유치원은 가야 하는 거야." 하며 나를 달래기에 급급했다.

나는 아빠 말을 믿어 보기로 했고 그날 없던 용기도 끌어와서 유치원에 가기 위해 옷을 입었다.

결국 그날은 나에게 다시는 없을 법한 끔찍한 사건 하나가 생겼다.

"얘들아, 밥 먹으러 가자. 한 줄로 조심조심 가야지."

선생님이 말씀하시는 한 줄에는 나도 있었고, 친구들과 함께 식당으로 내려갔다. 우리 유치원은 밥을 남기면 안 되고, 밥을 안 먹는 친구가 있으면 선생님이 직접 오셔서 최대한 먹게 하고 잔반을 남기지 않게 했다. 솔직히 최대한 먹게 도와준다는 말은 거짓말이고 거의 억지로 먹이다시피 했다. 아직도 기억나는 그날 유치원 반찬은 미역줄기였는데, 나는 반찬 중에 미역줄기를 진짜 싫어했다. 그래서 못 먹고 있었고, 결국 내가 마지막까지 남아 있게 되었다. 친구들은 다 같이 앉아서 나를 기다리고 있었고, 저 멀리서 친구들과 함께 이야기를 하고 있던 선생님이 내게 걸어왔다.

"왜 안 먹고 있어! 빨리 다 먹어야지. 친구들이 기다리고 있잖아. 그렇지? 저기 줄 한번 봐."

"자, 아 해야지. 선생님이 먹여 줄게."

싫어한다는 말 한 번 못하고 거의 강제로 입을 벌려서 미역줄기를 먹었다. 억지로 먹은 탓인지 나는 자꾸 헛구역질을 하면서 울기에 바빴다. 지금 생각하면 웃기지만 선생님은 나를 달래 주지도 않고 "너 맨날 편식하면 안 좋은 거야." 하셨다. 그 말을 듣고 더 서러워서 펑펑 울었던 거 같다.

'언제 한 번 물어보기라도 하셨나?'

같은 생각이 들 정도로.

펑펑 운 덕분에 남은 밥과 미역줄기를 다 먹지 않을 수 있었고 나는 친구들과 같이 반으로 올라갈 수 있었다. 그 후로 나는 점심시간을 더욱 더 싫어하게 되었다. 아니 싫어함을 넘어서서 혐오하게 되었다. 스무 살이 된 지금도 나는 미역줄기만 보면 그때 일이 떠오른다. 미역줄기 특유의 미끌미끌하고 질경질경한…….

그 뒤로 나는 질경질경하고 미끈거리는 음식을 씹게 되면 미역줄기가 생각나서 뱉게 되었다. 미역줄기를 먹으려고 여러 번 시도해 봤다. 초등학교, 중학교, 고등학교까지. 하지만 그때마다 결과는 똑같았고 요즘은 미역줄기 같은 반찬에 젓가락이 가지 않는다. 트라우마가 컸던 것 같기도 하고.

이어지고 있는 거짓말

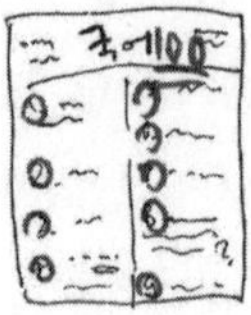

유아교육과 김유란

오래전, 제가 초등학교를 다닐 때 우리 집에는 한 가지 규칙이 있었습니다. 부모님과 함께 중간고사, 기말고사 목표 평균을 정하고 그 목표 평균을 달성하면 제가 원하는 선물을 받는 규칙이었습니다. 초등학교 4학년, 1학기인지 2학기인지 모를 기말고사에서 제가 원했던 선물은 최신식 전자사전이었고, 부모님과 함께 정한 목표 평균은 96점이었습니다. 저는 전자사전을 받기 위해 동아전과를 열심히 보고 외우며 공부했습니다.

기말고사 당일, 저의 컨디션은 굉장히 좋았고 문제 역시 제가 다 아는 내용이었습니다. 문제도 굉장히 빨리 풀어 검토도 할 수 있었습니다. 시험지 제출 3일 뒤, 담임 선생님이 채점한 시험지를 가져왔고, 저와 또 다른 친구 한 명을 앞으로 부르셨습니다.

"4학년 4반 친구들, 여기 이 두 친구가 올백을 맞았어요. 모두 축하해 주는 마음으로 크게 박수쳐 주세요!"

"짝짝짝짝짝."

"우와, 정말 대단하다."

"둘 다 올백 맞은 거야? 부럽다."

맨 앞에 서서 친구들의 박수와 부러움을 받고 나니 어린 마음에 세상을 다 가진 것만 같았습니다. 그리고 제가 라이벌이라 생각하며 싫어했던 남자아이가 안타깝게 하나 틀렸다는 것을 알고 나서는 하늘을 날아갈 것만 같았습니다.

"여러분, 선생님이 이름 부르면 나와서 자기 시험지 가져가는 거예요. 그리고 선생님이 불러 주는 답이랑 자기 답 잘 확인해서 잘못 채점된 거 있으면 선생님한테 시험지 가지고 오세요!"

선생님은 맨 위에 있던 100점짜리 시험지 두 장을 저와 또 다른 올백 맞은 친구에게 돌려주며 말씀하셨습니다. 국어 답 확인 시간, 모든 것은 완벽했습니다. 수학과 사회 역시도 마찬가지였습니다. 우리 모둠에 앉아 있던 친구들의 부러움은 늘어만 갔고, 얼른 답 확인을 마치고 엄마에게 이 소식을 알려 드리고 싶은 생각도 늘어만 갔습니다. 과학 답 확인 시간, 첫 번째 장은 잘못된 부분이 없었고, 제 기분도 아직 하늘에서 둥둥 날아다니고 있었습니다. 하지만 두 번째 장, 지금은 답이 정확하게 기억나지 않지만 세 글자를 쓰는 문제였는데, 답 가운데 글자가 선생님이 불러 주신 답과 달랐습니다. 저는 올백을 맞은 것이 아니었습니다. 하늘에서 둥둥 날아다니고 있던 기분은 땅바닥에 패대기쳐졌습니다. 눈물이 날 것만 같았고 틀렸다고 표시된 답을 고치러 가는 친구들이 너무 부러웠습니다.

"유란아, 너 과학도 다 맞은 거야?"

옆자리에 앉은 친구가 물으며 제 시험지를 보려고 하자, 저는 순간 시험지를 뒤집어 버렸습니다.

"응, 응! 다 맞았어!"

"우와, 진짜? 너 진짜 올백이네? 멋있다!"

친구들이 "멋있다, 부럽다." 하고 말해도 전혀 뿌듯하지 않았습니다. 하지만 틀린 답을 고치러 가지도 않았습니다. 맨 처음 받았던 박수와 친구들의 부러움, 라이벌 친구, 옆 친구에게 했던 거짓말을 물릴 수가 없었고, 물리고 싶지 않았기 때문입니다. 물리게 되면 모두의 비웃음을 살 것만 같았습니다.

답 확인이 끝나고, 종례 시간 역시 끝이 났습니다. 원래는 초등학교 1층 공중전화 박스에서 엄마에게 전화를 해 자랑할 예정이었지만, 올백이 아니란 것을 알게 된 뒤 자랑하고 싶은 마음이 사라졌습니다. 집으로 가는 길, 저는 선생님이 모두 알고 계시는데 저를 시험하신 것이 아닌가 생각했습니다. '처음부터 채점을 잘하셨다면 이런 일은 없었을 텐데…….' 하는 원망도 했습니다. '선생님이 이미 엄마한테 내 거짓말을 다 말씀하셨으면 어떡하지?' 하는 걱정도 되었습니다. 혼자 울면서 천천히 집에 걸어갔습니다.

집에 들어서자 엄마가 반갑게 맞이해 주셨고, 순간 저는 또다시 거짓말을 해 버렸습니다. 엄마는 저의 올백 소식에 정말 행복해 보였습니다. 그래서 저는 나중에 가족 모두의 기억에서 희미해질 때쯤 사실을 말할 것을 다짐했습니다. 그날 저녁은 외식이었습니다. 그때 먹었던 고기와 함께 저의 죄책감과 양심도 마음속 깊이 묻어 버렸습니다.

이 이후에도 아주 가끔 저의 올백 이야기가 거론될 때가 있습니다.

항상 모든 것을 잘했던 언니의 최고 점수는 평균 99점. 물론 학창 시절 내내 평균은 언니가 훨씬 높았지만 언니가 잘난 체를 할 때마다 엄마는 제 기를 살려 주었습니다.

"유란이는 올백도 맞아 봤어. 너는 올백도 못 맞아 봤으면서?"

그때마다 제가 묻어 두었던 죄책감이 다시 슬쩍 고개를 내밉니다. 올백을 맞은 것이 아닌데……. 하지만 사실을 말할 용기는 다 자라고 나서도 생기지 않았습니다. 오히려 말하면 지금까지 속인 것에 대한 엄마의 실망감이 매우 클 것이라는 걱정만 자라났습니다. 그래서 아직도 말하지 못한 저의 거짓말은 이어지고 있습니다.

뜻밖의 장학금

사회복지학부 김윤지

내가 여덟 살 때 아빠 회사 일로 광주에서 화순으로 이사를 하게 되었다. 제일초등학교에 입학하면서 친구들도 많이 사귀고 공부도 나름 열심히 했다. 6학년으로 올라갈 날이 다가오자 엄마가 중학교 진학을 걱정하셨고 결국 광주로 다시 이사를 왔다. 집 근처 제석초등학교로 전학을 왔는데 처음 온 학교라 모든 게 어색하고 친구와 친해지기도 어려웠다. 하지만 짝꿍이 먼저 말을 걸어 주면서 조금씩 친해져 갔다. 그리고 얼마 안 가 같이 등교하는 친구가 생겼고 수요일 반장이 될 정도로 많은 친구를 사귀게 되었다.

좋은 추억을 쌓으면서 1년이 지나 졸업식이 다가왔다. 졸업식 전날 강당에서 설레는 마음으로 모두 모여 연습을 했다. 내일 무엇을 할지 약속을 정하거나 자랑하는 목소리로 강당 안이 시끌벅적했지만 화난 표정이나 우울한 표정을 짓는 사람은 한 명도 없었다. 연습이 끝나고 모두 집으로 돌아갈 때 담임 선생님이 친구 둘과 나를 따로 교무실로 불러서 내일 아침에 30분 빨리 등교하라고 하셨다. 무슨 일인지 물어 봤지만, 선생님은 좋은 일이니 그냥 빨리 오라는 말만 하셨다. 나는 '졸업식 준비가 덜 되어서 심부름을 시키려나 보다.' 하고, 그 많은 친구 중에 내가 걸렸다는 생각에 귀찮고 짜증도 났다.

다음 날 평소보다 일찍 도착했다. 교실에는 친구들과 나밖에 없었다. 선생님이 오시지 않아 우리는 투덜거리면서 불평불만을 내뱉었다. 선생님은 들어오자마자 우리에게 교장실로 가라고 하셨다. 우리는 교장실에 내려가면서도 불만을 터트렸다. 교장실엔 이미 다른 반 친구들도 몇 있었다. 하지만 모두 아무 일도 하지 않고 줄을 맞춰 서 있어서 우리도 어리둥절한 채로 같이 섰다. 곧이어 교감 선생님이 내 이름을 부르고 교장 선생님 앞으로 나오라고 했다. 그리고 상장 내용을 읽었고 교장 선생님이 상장과 봉투를 건네고 악수를 청하셨다.

"김윤지 학생에게는 상장과 장학금 10만 원이 주어집니다."

악수하면서 들리는 목소리에 깜짝 놀라 저절로 봉투로 눈이 갔다. 다른 친구가 상장과 상품을 받는 동안 내 이름이 맞는지 상장을 몇 번이고 읽어 봤다. 봉투를 열어 보고 싶었지만, 꾹 참았다가 복도로 나오자마자 열어 봤다. 그 안에는 만 원 10장이 빼곡하게 들어 있었다. 장학금을 받을 만큼 공부를 잘하지 않아서 민망하기도 했다. 그리고 큰돈이 나에게 있다는 생각에 잃어버릴 것 같았다. 그래서 친구에게 자랑하지 않고 바로 주머니 속에 집어넣었다. 다른 친구는 장학금이 아닌 앨범이나 문화상품권을 받아서 나를 많이 부러워했다. 그리고 그 친구는 교실에 들어오자마자 "얘들아! 윤지, 장학금 10만 원 받았어!" 하고 크게 소리를 질렀다. 난 빨개진 얼굴로 서둘러 자리에 앉았다. 내 주위에 앉은 친구들이 자꾸 보여 주라고 하자 봉투만 살짝 보여 줬다. 친구들은 계속 부럽다고 했고, 앨범을 받은 친구는,

"이 앨범은 어디에 쓰라는 거야?"

불만 가득한 목소리로 말했다.

"앨범도 좋은데, 뭐……."

나는 그렇게 말해 놓고 뿌듯함에 자꾸 봉투를 만지작거렸다.

이 사실을 빨리 엄마와 아빠한테 알리고 싶었다. 하지만 휴대전화가 없어서 졸업식이 끝날 때까지 기다려야 했다. 가방 속에 상장이 구겨지지 않게 잘 넣어 놓고 졸업식에 참석했다. 졸업식을 하는 동안 장학금만 계속 생각났다. 받을 거란 생각조차 못했기 때문에 황당하면서도 아주 좋아서 웃음이 자꾸 새어 나왔다. 노래도 부르는 둥 마는 둥 하면서 사진도 대충 찍고 엄마와 아빠를 찾는 데에 정신이 몰렸다.

저 멀리서 엄마가 손을 흔들고 있는 것을 보고 바로 달려가 "엄마! 나 장학금 받았다!" 하고 환하게 웃으면서 말했다. 엄마가 무슨 장학금이냐고 묻자마자 아침부터 있었던 일을 말하고 봉투를 꺼내 보여 드렸다. 엄마는 봉투를 확인하면서 환하게 웃고 아빠한테 바로 보여 주셨다. 우리 가족은 깜짝 놀라면서도 기쁜 마음에 학교를 배경으로 간단하게 사진을 찍고 바로 차에 탔다. 차에 타자마자 엄마는 이모한테 전화를 걸어 자랑하셨고 아빠는,

"우리 딸이 벌써 장학금을 받아오네!"

하면서 매우 기뻐하셨다.

아직도 엄마는 그 상장과 장학금을 봉투에 넣은 채 간직하고 계신

다. 나보다 공부를 잘하는 친구들이 많았는데 내가 받았다는 것이 아직도 믿기지 않는다. 하지만 초등학교 졸업식은 분명 생각하지 못한 장학금 덕분에 우리 가족은 황당하면서도 가장 환하게 웃을 수 있었다.

타인과 친절

음악학과 김은영

내가 초등학교에 다닐 무렵의 일이다. 그때가 초등학교 2학년쯤이었나, 그날은 일기예보에 없던 비가 내리던 날이었다. 일기예보에 비가 온다는 말이 없었기 때문에 엄마도 아침에 우산을 챙겨 주지 못한 거 같다. 우리 부모님은 맞벌이로 바쁘고 오빠도 중학교에 다니고 있던 때라 보통 그런 날은 나를 데리러 오는 사람이 아무도 없었다. 물론 그때는 초등학생들한테 휴대폰도 없을 때라서 나는 그냥 친구들과 함께 가야지 하고 생각했다. 그날따라 같이 갈 친구도 없었던 걸로 기억한다.

그렇게 집에도 못 가고 부모님을 기다리는 다른 아이들과 처마 밑에서 하염없이 서 있는데 어떤 아주머니 한 분이 내게 다가오셨다. 어떻게 생겼는지는 전혀 기억나지는 않지만, 아주머니보다는 아가씨에 가깝다고 해야 될까, 아무튼 그 여자가 나에게 다가오더니 "꼬마야, 엄마 기다리는 거야?" 하고 물었다. 나는 그렇다고 대답했던 거 같다.

여자와 나는 어떤 대화를 주고받고 있었는데, 여자가 갑자기 우산을 건네면서 "이거 우리 아들(아들인지 딸인지 기억나진 않는다) 주려고 가져온 건데, 네가 더 필요하겠다. 네가 쓰고 가." 했다.

나는 평소에 경계심이 매우 심한 편인데 그때 그 여자는 왠지 부드러운 느낌이 느껴져서 나는 "감사합니다." 한 뒤 우산을 쓰고 집으로 돌아왔다. 그리고 '참 좋은 아줌마다.' 생각했다. 집에 가서 엄마한테 꼭 얘기해 줘야지 했지만 집에 간 뒤로 완전히 잊어버려서 말하지 못했다.

그로부터 2년 정도가 흐르고, 그날도 비가 내리고 있었다. 그날은 밖에 나가지 않고 복도에서 친구들이랑 창밖을 보면서 비가 그치기를 기다리고 있었다. 애들이랑 비가 언제 그치나 하고 장난치면서 놀고 있다가 "야, 그냥 비 맞고 뛰어가자!" 친구들이 말했고 우리는 1층으로 내려가서 처마 밑에 서 있었다. 한 반 전체가 내려온 거라 굉장히 시끌벅적할 때 누군가 나를 건드렸다. 뒤돌아보니 어떤 여자(동일 인물이었는지 전혀 모르겠는데 비슷한 말을 했다)가 웃으면서 "꼬마야, 우산 없어?" 해서 나는 또 "네." 하고 대답했다. "우리 애 주려고 기다리고 있는데 네가 대신 쓰고 가. 아줌마 아들은 나오려면 아직 멀었나 보다." 해서 나는 또 우산을 쓰고 집으로 갔던 거 같다.

그렇게 그 일은 내 머릿속에서 완전히 잊혀 갔고 몇 년이 지난 지금 생각해 보니 그 여자가 누구였을까, 진짜 궁금해진다. 어릴 때 생각으로는 우리 친엄마가 아닐까, 했지만 크고 나니 나랑 우리 엄마가 너무 닮아서 그런 생각은 안 하게 되었다. 그 여자가 누구였든 나에게 베풀어 준 작은 친절이 몇 년이 지나도 내 머릿속에 좋은 기억으로 남아 있다. 타인에게 친절을 베푼다는 것은 생각보다 좋은 일 같다.

요즘은 세상이 달라져서 누군가의 호의를 이용해 나쁜 일을 하려는 사람들이 너무 많아진 건 사실이다. 무거운 짐을 드는 할머니도, 길을 찾는 낯선 이도, 엄마 잃은 꼬마를 보면 도와줘야 한다는 생각은 굴뚝같지만 그런 모습이 범죄를 저지르기 위한 미끼는 아닐까, 하고 생각하게 되어서 선불리 다가가지 못하는 것이 현실이다. 그 여자가 사실은 나쁜 사람이었을 가능성도 있지만, 나한테 우산을 건네주는 그 순간 진심이 느껴졌던 걸로 기억한다. 아무튼, 나는 비가 오는 날이면 가끔 그때 일이 기억난다.

이처럼 타인의 친절이 한 사람의 인생에 스며들어 있을 수 있다는 걸 생각하니 이 얼마나 기분 좋은 일인가. 얼굴조차도 전혀 기억이 나질 않는 타인이지만 그 사람이 베풀어 준 친절만큼은 내가 죽을 때까지 기억할 것이기 때문이다. 또 누군가의 친절을 받은 사람은 그만큼 타인 또는 주위 사람들에게 호의를 베풀기 훨씬 쉬울 것이다. 그렇게 되면 너 나 할 거 없이 서로를 돕고 누군가에게 기억되고 그 친절이 다시 되풀이되면 지금보다 살기 좋은 세상이 될 것이다. 더 나아가 사람과 사람 사이에 좀 더 믿음이 생기고 좋은 시선으로 타인을 바라볼 수 있지 않을까? 나도 꼭 내 주위 사람들에게만, 다시 나한테 돌아올 친절만 베풀지 않고 모르는 사람에게도 낯선 이에게도 친절을 베풀자고 생각한다. 비록 역사책에, 신문에, 또는 화제가 될 정도의 일은 아니더라도 나의 작은 친절이 한 사람의 기억 속에서 살아간다면 그렇게 근사한 일은 또 없을 것이기 때문이다.

공포영화와 허세

사회복지학부 김하은

이 이야기는 내가 초등학교 6학년 때 있었던 일이다. 그때 나는 미술학원에 가는 것을 가장 좋아했는데, 가끔 다른 학원을 빠지고 미술학원에 더 오래 있기도 했다. 선생님과도 굉장히 친했고, 미술학원에 다니는 거의 모든 아이들과 아는 사이였다. 어린 시절에 있었던 일 중에 가장 기억에 남고, 즐거웠던 것은 모두 미술학원과 관련이 있다.

초등학교 6학년 여름방학 때 미술학원 건물이 공사를 하게 돼서 잠깐 옆 건물 반 지하로 옮겼던 적이 있다. 말이 반지하였지 몇 개 없는 창문이 다 수풀에 가려서 빛이 하나도 들어오지 않았고, 대낮에도 불을 켜 놓지 않으면 밤에 불을 꺼 놓은 것처럼 어두웠다. 거기에다 여름의 습함과 지하의 서늘함이 더해져 미술학원은 사람이 별로 없을 때는 으스스한 느낌까지 들었다. 나와 아이들은 어쩌면 당연한 수순으로 귀신과 관련된 놀이를 떠올렸다. 바로 귀신놀이였다. 하지만 미술학원의 구조는 단조로웠고 우리는 놀이에 빠르게 질렸다.

다음으로 우리가 생각해 낸 것은 공포영화였다. 미술학원에서는 내가 제일 나이가 많았기 때문에 대표로 선생님에게 아이들끼리 남아서 공포영화를 봐도 될지 여쭤 봤다. 선생님은 흔쾌히 허락해 주시고 한 술 더 떠서 보고 싶은 영화를 말해 주면 다운받아 주겠다고 하셨다. 아이들이 고른 영화는 '스승의 은혜'였는데 지금 돌이켜 보면 그때 우리가 보기에는 너무 잔인하지 않았나 싶다. 어쨌든 일사천리로 영화를 볼 날과 시간까지 정해졌고 그날이 다가올수록 나는 걱정이 커져 갔다.

사실 나는 겁이 굉장히 많다. 어릴 적 해리포터도 무언가 튀어나올까 봐 무서워 못 봤을 정도로 그전까지 공포영화는 본 적도 없다. 그런 나에게 빛도 안 들어오는 반지하에서 저녁에 불 꺼 놓고 공포영화라니! 그럼 안 보면 되지 않느냐고? 그럴 수는 없었다. 왜냐하면 미술학원에서 나는 믿음직스러운 언니, 누나였으니까. 다시 말해서 허세였다. 어린 날 한 치 앞도 내다보지 못하는 허세. 결국 영화를 볼 날은 오고 말았고 나는 여전히 겉으로는 덤덤한 척했다. 속은 아니었지만.

영화를 보기로 한 날, 우리는 저녁이 되자마자 각자 가져온 과자를 준비해 컴퓨터 앞에 둘러앉았다. 나는 가장 나이가 많고 겁이 없을 것 같다는 이유만으로 마지막 줄 가운데에 앉게 되었다. 영화를 보는 내내 나는 침착하기 위해 노력했다.

'저건 영화다, 진짜가 아니다, 저 피도 다 가짜다.'

효과가 있었는지 그렇게 무섭지는 않았다. 사실 그때까지는 진짜 무서운 장면이 나오지 않기도 했다. 영화가 절정을 향해 갈 때, 진짜 무서운 장면이 시작되었다. 그리고 지금까지 참아 왔던 노력이 무상

하게도 나는 몸을 들썩이면서 놀랐다. 다행히 소리는 지르지 않았고 내가 놀랐다는 것을 들키지 않을 수 있었다. 왜냐하면 내가 놀란 순간 옹기종기 모여 영화를 보던 아이들이 소리를 지르면서 뛰쳐나갔기 때문이다. 어안이 벙벙했다. 내 허세를 들키지 않아서 기뻤지만 문제는 다음이었다. 나 혼자 남았기 때문이다. 그 어두운 방에. 나도 밖으로 나가고 싶었지만 내 안에 한 톨 남은 자존심이 허락하지 않았다. 그래서 나는 또다시 자기 세뇌를 시작했다.

'영화다. 영화는 만들어진 거야. 저 장면을 찍을 때 저 화면 밖에 수많은 사람들이 있었을 거야.'

효과는 있었다. 물론 엄청난 상상력이 필요했다. 지금까지 내가 봤던 영화 촬영 현장을 떠올리며 저 장면을 촬영하는 모습을 상상했다. 그렇게 하고 나니 조금 무서움이 가시는 것 같았다. 그러고 나서 조금 뒤에 아이들이 다시 들어왔다. 혼자가 아니라는 생각이 들면서 안심이 됐다. 그 후로는 느슨해진 마음으로 영화를 분석하기 시작했다. 주로 배경 음악과 장면 사이의 관계에 대해 분석했는데, 굉장히 효과가 좋았다. 이런 배경 음악이 나오면 괜찮구나, 이런 배경 음악은 곧 뭐가 튀어 나오겠구나, 하는 것을 알고 나니 공포영화도 별것이 아니었다.

그날 이후, 나의 허세는 허세가 아닌 진짜가 되었다. 나는 지금까지도 그때 기억이 머릿속에 깊게 남아 공포영화가 별로 무섭지 않다. 아예 무섭지 않은 것은 아니지만 다른 사람들과 비교했을 때 영화를 담담하게 잘 볼 수 있다.

오해

사이버보안경찰학과 문경혜

내가 초등학교 6학년 때 있었던 일이다.

그날이 대청소하는 날이었는지 아니면 벌을 받는 중이었는지는 잘 기억나지 않지만, 담임 선생님이 반에 있는 쓰레기를 쓰레받기에 모아 검사받으라고 했다. 몇몇 아이들이 책상을 앞으로 밀고 열심히 쓰레기를 줍기 시작했다. 나도 쓰레받기를 가득 채워 선생님에게 칭찬 받기 위해 얼른 빗자루를 들고 바닥을 쓸기 시작했다. 큼직한 종이 쪼가리가 바닥에 많이 떨어져 있었는데, 몇몇 애들이 그것을 재빠르게 주워 선생님에게 검사를 받기 시작했다.

나는 마음이 조급해져 주위를 빠르게 훑어보았다. 하지만 쓰레받기를 가득 채울 만한 큼직한 종이 쪼가리는 이미 다른 아이들이 다 줍고 난 뒤라 먼지밖에 남아 있지 않았다. 아직 절반도 못 채운 내 쓰레받기를 보며 한숨을 쉬고 있을 때였다. 맨 앞 책상 아래 가정통신문 종이가 깔려 있었다. 나는 너무나 기쁜 마음에 책상을 뒤로 밀지도 않고 손을 뻗어 종이를 빼려고 했다. 하지만 잘 빠지지 않았고, 잡아당기다 보니 그 종이가 여러 조각으로 찢어졌다. 그것을 모두 쓰레받기에 담아 선생님에게 검사를 맡으러 갔다.

"선생님, 다 주웠어요!"

선생님은 다른 아이를 검사하고 있다가 나를 돌아보았다. 그리고 쓰레받기를 보고는 갑자기 화를 내셨다.

"지금 이게 뭐 하는 짓이야? 다른 애들은 열심히 쓰레기를 주워 가져오는데, 너는 멀쩡한 종이를 찢어서 담은 거니? 남들 열심히 할 때 혼자 뭐 했어! 너처럼 야비한 수를 써서 얼렁뚱땅 넘어가려고 하면 정직하게 한 다른 애들은 뭐가 되겠니!"

나는 평소 선생님을 정말 좋아했던지라 그 말에 상처를 받았다. 누군가에게 망치로 뒤통수를 한 대 맞은 것 같았고, 너무 억울해서 눈물이 흘렀다.

"뭘 잘했다고 울어!"

큰소리로 다그치는 선생님 때문에 아이들의 이목이 집중되었고, 나는 쪽팔리면서도 억울한 마음 때문에 더 감정이 격해졌다. 그때 내 친구가 선생님에게 다가와 모든 상황을 설명해 주었다.

"선생님……. 그거 경혜가 일부러 찢어서 가져온 거 아니에요. 책상 밑에 깔려 있던 종이를 빼내려다가 찢어진 거예요. 경혜 정말 열심히 청소했어요."

그러자 다른 아이들도 그 친구 말을 거들어 줬고, 그 말을 조용히 듣고 있던 선생님의 얼굴은 점점 벌겋게 변해 갔다. 선생님은 흔들리는 눈빛으로 내 눈을 마주보며 조심스럽게 사과했다.

"선생님이 다짜고짜 화를 내서 미안해. 아까 언뜻 보니까 멀쩡한 종이를 찢어서 가져온 것 같았어. 쓰레받기 채우려고 일부러 찢은 줄 알았지. 미안해, 경혜야."

그때 나는 선생님의 사과를 받아드렸지만, 그 일이 있고나서부터는 선생님에 대해 다시 생각하게 되었고, 모든 선생님들에게 약간의 거리를 두며 지내게 되었다.

가시나무

○○○○과 ○○○

초등학교 3학년 때 일입니다. 초등학교 3학년 때 저는 다른 친구들에 비해 몸도 많이 허약하고 마음도 매우 여린 아이였습니다. 담임 선생님은 남자 분이셨는데 아주 무서운 분이었습니다. 친구들이 조금이라도 잘못을 했다 싶으면 두꺼운 책으로 머리를 세게 때리고 몸을 밀치곤 했습니다. 친구들이 잘못이 아닌 실수를 할 때도 마찬가지였습니다. 가장 이해가 되지 않았던 것은 수업 시간에 선생님이 시킨 문제를 맞히지 못했을 때도 마찬가지로 이렇게 하셨다는 것입니다. 선생님의 이러한 모습은 적어도 하루에 한 번은 볼 수 있었습니다.

저는 선생님의 모습이 정말 이해가 가지 않았습니다. 하지만 선생님이 무서워 아무 말도 못하고 그저 친구들이 벌 받는 모습을 지켜볼 뿐이었습니다. 솔직히 말하면 정말 이기적인 생각이지만 선생님의 행동이 잘못됐다고 생각을 하면서도 나만 아니면 된다는 생각을 했습니다. 저는 이기적인 생각을 하는 제 자신이 너무 미웠고 선생님에게 아무 말도 하지 못하는 제 자신이 초라하게 느껴졌습니다. 그리고 벌을 받는 친구들을 볼 때마다 친구들을 지켜 주지 못했다는 죄책감에 사로잡혔습니다.

그러던 어느 날, 저에게 아주 끔찍한 일이 일어났습니다. 그날 저는 친구들과 급식실에서 밥을 다 먹고 남은 잔반을 처리하기 위해 잔반통으로 가고 있었습니다. 그 순간 끔직한 일이 일어났습니다. 잔반통으로 가고 있던 중에 제가 친구 발에 걸려 넘어져서 남은 잔반을 바닥에 다 쏟아 버리고 만 것입니다. 너무 민망하고 당황스러운 그 상황에서 선생님과 눈이 딱 마주쳤습니다. 선생님은 손짓으로 이리 오라고 하셨습니다.

"네가 다 치워라."

"바로 집에 가지 말고 교무실에 잠깐 들렀다 가라."

하고 말씀하셨습니다.

"네."

대답을 하고 친구들과 반으로 갔습니다.

친구들과 반에 도착한 저는 매우 불안에 떨면서 울었습니다.

'교무실에 가면 선생님이 뭐라고 하실까?'

'내가 잔반을 흘려서 화가 많이 나셨나 봐.'

'분명 내 머리를 두꺼운 책으로 세게 때리실 거야.'

친구들은 저를 걱정해 주면서 위로해 주었습니다. 저는 결국 교무실에 들리지 않았습니다. 너무 무서웠기 때문입니다. 그냥 바로 집으로 와 버렸습니다. 불안에 떨며 집에 오는 길에 반장을 만났습니다.

"가은아! 선생님이 너 찾던데?"

그 말을 듣고 가슴이 쿵 하고 내려앉았습니다.

그날 저녁, 저는 방에서 혼자 몰래 울었습니다. 내일 학교 가는 게 두렵고 무서웠습니다. 부모님에게 솔직하게 말씀 드릴까 했지만 결국에는 하지 못했습니다. 저는 그날 잠도 제대로 자지 못했습니다. 그렇게 아침이 밝아 왔습니다. 저는 아무 일도 일어나지 않기를 기도하면서 학교에 갔습니다. 하지만 역시나 예상은 빗나가지 않았습니다.

아침 조회 시간에 선생님은 저를 교탁 앞으로 불러냈습니다. 그러더니 두꺼운 책으로 제 머리를 세게 때리고 몸을 밀치더니 혼을 내셨습니다.

"어제 왜 가 버렸니?"

"혼날까 봐요."

저는 울면서 말했습니다. 선생님은 어이가 없다는 듯이 웃으면서 계속해서 제 머리를 두꺼운 책으로 세게 때렸습니다. 그러다가 갑자기 저를 칠판지우개 놓는 턱 위에 올려놓았습니다.

"여기서 절대 떨어지지 마."

"아무것도 잡지 마."

떨어질 수밖에 없는 그 상황에서 저는 칠판에 손바닥을 댈 수밖에 없었습니다.

"잡지 말라니까?"

선생님은 정색하면서 잡지 말라고 하셨습니다. 그러다 결국 칠판에서 저를 내려 주셨습니다.

"자리로 돌아가."

저는 자리로 돌아가 정말 서럽게 울었습니다. 친구들은 저를 위로

해 주었습니다.

"달래 주지 마! 그럴 필요 없어."

선생님은 친구들에게 말했습니다. 하지만 친구들은 계속 저를 위로 해 주었습니다.

"달래 주지 말라니까? 당장 자리로 돌아가!"

친구들은 자리로 돌아갈 수밖에 없었습니다. 그날 저는 집에 돌아와 혼자 방에서 울었습니다. 제 우는 소리를 듣고 부모님이 방에 들어오셨습니다.

"너 왜 울고 있어?"

부모님은 깜짝 놀라며 물었습니다. 저는 도저히 부모님에게 오늘 있었던 일을 사실대로 말씀드릴 수 없었습니다.

"그냥 공부가 너무 어려워서요."

거짓말을 해 버렸습니다.

"공부가 많이 힘드니?"

부모님은 매우 속상해 하셨습니다. 부모님이 속상해 하시는 모습을 보니까 더 눈물이 났습니다. 부모님은 아무 말도 없이 저를 꼭 안아 주셨습니다.

그렇게 기나긴 하루가 지나고 아침이 왔습니다. 학교가 너무 가기 싫었습니다. 선생님 얼굴을 봐야 한다는 사실이 너무 끔찍했습니다. 그날 선생님은 저를 또 교탁 앞으로 불러냈습니다. 선생님은 저를 칠판지우개 놓는 턱 위에 올려놓더니 절대 떨어지지 말라면서 놀려 댔습니다. 저는 이러한 행동에 큰 충격을 받았습니다. 그때 제가 정말 무서웠던 것은 선생님이 머리를 책으로 세게 때리고 몸을 밀친 것이 아닙니다. 칠판 턱에 올려놓고 아무것도 잡지 말라고 한 것도 아닙니다. 물론 이 순간도 정말 아프고 무서웠지만, 무엇보다 선생님이 저를 쏘아보는 눈빛이 가장 무서웠습니다. 마치 그 눈빛은 완전히 깔아뭉개 버리겠다고 말하는 것 같았습니다. 부모님은 아직도 이 일을 모르고 계십니다. 솔직히, 말씀드리고 싶지 않습니다.

이 이야기는 여기서 끝이 납니다. 저는 그날을 아직도 잊을 수 없습니다. 아직까지도 생생하게 머릿속에 남아 있습니다. 그리고 도저히 선생님의 행동을 이해할 수 없습니다. 선생님이라면 먼저 자신의 입장이 아닌 아이들의 처지에서 아이들의 마음을 이해하고 배려해 주어야 하지 않을까요? 저는 그렇게 생각합니다.

*이 글에서 이름 '가은'은 가명임.

여름방학

한국어교육과 이힘찬

때는 바야흐로 2013년 나의 고1 여름방학 보충학습 시절. 선생님이 학기 초부터 항상 거짓말만 하지 마라고 하셨다. 여름방학 때 중학교 친구들과 수영장으로 놀러 가기로 했는데 선생님의 그 달콤한 말에 속아서 정말 한 치의 거짓말도 하지 않고 선생님에게 문자를 보냈다.

"선생님, 저 힘찬인데요. 오늘 중학교 친구들이랑 수영장에 놀러가기로 했습니다. 중학교 친구들이라 고등학교도 다 다른 곳으로 배정받아 이번 기회에 다시 한 번 저희의 우정을 돈독히 하려고 합니다. 죄송합니다. 내일은 꼭 학교에 가서 열심히 공부하도록 하겠습니다."

돌아오는 선생님의 문자.

"학교로 와라."

나는 정말 말 그대로 '멘탈 붕괴'가 일어났다. 나는 선생님 말씀을 믿고 정말 정직하게 말씀 드렸는데 어떻게 이럴 수가 있지? 그래서 나는 이번엔 거짓말을 했다.

"선생님, 저 이미 독천 터미널인데요. 오늘만 봐주실 수 없을까요?"

선생님 왈,

"늦어도 좋으니까 학교로 와라."

하하하. 그래서 목포 터미널에서 30분 동안 고민을 하다가 결국 "오늘은 날이 아닌 것 같다. 얘들아 미안해." 친구들에게 사과를 하고 터미널 2층 피시방에서 게임 한두 시간 하다가 학교 점심시간쯤 들어갔다.

학교에 들어가서부터 선생님이 날 찾을 때까지 교실에서 얌전히 숨어 있었다. 점심시간이 끝날 때쯤 선생님이 교실에 들어와 하는 말, "힘찬이 왔냐?" 가슴이 철렁거렸다. 정말 학교 친구와 선배들 사이에서 평판이 좋으신 선생님이 화나신 걸 느꼈다. 하지만 선생님은 반 친구들이 가지고 놀고 있는 막대기로 머리를 세게 한 대 때리시곤 "간땡이가 부었냐? 오늘은 처음이라 봐줄 테니, 다음부턴 그러지 마라. 언넝 들어가서 공부나 해." 하셨다. 정말 크게 혼이 날 줄 알았는데 머리 한 대밖에 안 때려서 다행이었다.

이야기는 끝나지 않는다. 친구들과 수영장에 못 간 게 아쉬워 이번엔 아예 학교 보충 학습도 쉬는 날 가기로 했다. 결국 모였는데 이번에는 돈이 없었다. 그래서 돈을 모아 최대한 아껴서 다녀오기로 했다. 일단 우리 목적지는 독천 수영장 '토담골'이었다. 독천 터미널에 버스를 타고 도착하자 택시가 토담골 간다고 줄을 서 있었다. 그런데 택시비가 만 원이라는 게 아닌가! 나와 친구들은 토담골이 가깝다고 해서 걸어갔다. 돈도 없고 해서 걸어갔는데 아니 무슨 한 시간을 걸어도 가까워지질 않아서, 정말 덥고 습하고 배고프고 택시 타고 갈

돈은 없고 해서 그저 하염없이 토담골을 향해 걸어갔다. 그렇게 또 한 시간 반 이후 우리에게 지저스가 나타났다. 그의 이름은 마을 농부 아저씨. 아저씨는 트럭에 우리를 태워 주셨다! 정말 생명의 은인이다. 기쁜 마음에 트럭 아저씨와 사진을 찍고 우리는 트럭 뒤에 타서 바람을 시원하게 가르며 토담골을 향해 또 한 번 전진했다. 아저씨는 가는 곳까지 태워다 주셨고, 우리는 감사의 마음을 전하며 내렸다. 그러나 아직 우리에겐 30분이나 더 걸어가야 하는 시련이 있었다.

드디어 오후 1시쯤에 토담골에 도착했다. 우리는 매우 더워서 빨리 수영장에 들어가고 싶은 마음에 탈의실로 신속하게 들어가 옷을 갈아입고 입수했다. 우리가 이토록 고생하여 토담골까지 걸어온 이유는 바로, 이 수영장에는 공짜 물 미끄럼틀이 있기 때문이다. 우리는 그리하여 미끄럼틀로 가서 재미있게 탔고, 우리끼리 기마전과 갖가지 놀이를 하며 아주 재밌게 놀았다. 그리고 4시쯤 배가 고파졌는데 돈이 없어서 우리는 김밥을 겨우 두 줄을 사서 거지처럼 나눠먹었다. 아주 만족하며 먹었다. 그리고 미끄럼틀을 또 몇 번 탄 뒤 이제 지치고 지쳐 5시쯤에 씻고 나와 토담골에서 독천 터미널까진 도저히 무리고 해서 버스를 타고 가려는데, 우리에게 또 천사가 나타났다. 택시 기사 아저씨가 한 사람당 천 원씩 해서 사천 원으로 터미널까지 태워다 주신다는 게 아닌가. 그리하여 독천 터미널에 도착했는데 또 다시 문제가 있었다. 이번엔 터미널에서 목포까지 가는 버스비가 부족했다. 우리는 친구 형에게 빌붙어서 겨우겨우 계좌이체를 받아 목포에 도착했다. 얼굴은 까맣게 타서 우리 가게 치킨 집에서 치킨을 먹고 해산을 했다.

겨울날의 기억

관광경영학과 임소영

이 이야기는 2007년 겨울, 내가 초등학교 4학년이었을 때 이야기다. 이야기를 하기에 앞서 일단 나에게는 네 살 차이 나는 남동생이 있고, 부모님은 내가 초등학교 2학년이 되던 해부터 맞벌이를 시작하셨다. 그때 동생의 나이는 다섯 살밖에 되지 않았기 때문에 내가 거의 엄마 노릇을 했다.

나는 엄마가 일을 하기 때문에 내가 동생을 보살펴야 한다는 것을 잘 알고 있었다. 그렇지만 한 가지 불만이 있었다. 나는 학교가 끝나면 항상 친구들과 놀기 바빴다. 재밌게 놀다가도 동생 유치원 끝날 시간이 되면 집으로 가야 했다. 다른 친구들은 다 놀고 있는데 나만 집으로 가야 하는 게 너무 싫었다. 엄마가 동생 혼자 있는 게 걱정돼서 그런 건 다 안다. 다 알면서도 그냥 혼자 놔두면 안 되냐고 엄마한테 종종 짜증을 냈다. 하지만 이건 그냥 나의 불평일 뿐 날마다 동생 유치원 끝날 시간이 되면 엄마한테 전화가 왔다.

“여보세요? 엄마!”

“응. 놀고 있어?”

“응. 지금 놀이터야.”

“동생 올 시간 됐는데 집에 가야지!”

“맞다, 알겠어.”

“얼른 가!”

거의 항상 이런 내용의 전화였다.

날씨가 엄청 추웠던 2007년 12월 겨울날이었다. 나는 이날도 역시 학교를 마치고 친구들과 놀고 있었다. 엄마 또한 평소와 같이 전화를 했지만 놀다가 몇 번이나 전화를 받지 못했다. 나는 그때 우리 집과 좀 거리가 있는 친구네 집 근처 놀이터에서 정신없이 놀고 있었다. 아마도 술래잡기 같은 뛰어다니는 놀이를 하고 있었던 것 같다. 그래서 전화가 오는 줄도 몰랐다. 뒤늦게 부재중 전화가 여러 개 찍혀 있는 걸 보고 서둘러 집으로 출발했다. 그날따라 먼 곳에서 놀고 있던 탓에 집까지 가는 데 시간이 좀 걸렸다. 생각해 보니까 이날 동생이 집 열쇠를 안 가져가서 엄마가 계속 전화를 한 것 같다.

집 앞 사거리 신호등에 왔을 때 엄마한테 전화가 왔다. 그래서 받았는데 왜 이렇게 전화를 안 받느냐고 하면서 나한테 뭐라고 했다. 그래도 나는 나름대로 서둘러 가고 있었는데 동생만 생각하면서 나한테 화내는 엄마가 미웠다. 아무튼 그러다가 어디냐고 해서 신호등이라고 했는데 그 동시에 건너편에 엄마랑 동생이 있는 걸 발견했다. 엄마 회사가 집이랑 좀 가까운 데 있어서 내가 전화를 안 받으니까 엄마가 와 본 것이었다. 혼날까 봐 걱정하고 있었는데 화를 내지 않았다. 나는 다행이라고 느꼈다. 별 말 없이 그렇게 엄마는 다시 회사로 가고, 나는 동생을 데리고 집으로 갔다.

나는 이 일을 동생 때문에 엄마한테 혼났던 일로 기억하고 있다. 하지만 엄마의 기억은 달랐다.

얼마 전 엄마랑 옛날이야기 하다가 이 이야기가 나왔다. 나는 엄마 이야기를 듣고 이날 엄마 마음속의 진실을 알게 되었다. 그날 엄마는 안 그래도 내가 전화를 안 받아서 화가 많이 나 있었는데, 집 앞에 점점 다 와 가는 순간 보이는 동생 모습에 더 화가 났다고 한다.

엄마 말에 따르면 동생은 그 추운 겨울날 유치원에서 만든 장난감을 손에 들고 집 앞에서 추위에 떨고 있었다고 한다. 그리고 또 한 가지, 사거리 신호등에 서 있는 나를 발견했을 때 내가 혼날까 봐 걱정하는 표정으로 코를 훌쩍대면서 서 있었다고 한다. 그 모습을 보고 엄마는 더 이상 화를 낼 수 없었고 나한테 속으로 너무 미안했다고 한다.

엄마는 이 이야기를 하면서 나에게 이런 말을 했다.

"너도 어렸을 때인데 더 어린 동생이 있다는 이유로 엄마가 너를 너무 어른스럽게 생각하고 대한 것 같아. 너도 다른 친구들처럼 많이 놀고 아무 걱정 없이 지냈으면 더 좋았을걸. 미안해. 엄마는 이날 일이 문득문득 떠올라."

이 말을 하면서 엄마는 울 것 같았다. 그런 엄마를 보니까 뭔지 모르게 내가 더 미안해졌고 나도 울 것 같았다. 나는 울지 않으려고 "그런 말 하지 마. 뭐가 미안해 그게." 애써 태연한 척하면서 딴청을 피웠다. 엄마 말을 듣고 내가 엄마한테 짜증냈던 순간이 후회로 밀려왔다.

엄마는 엄마대로 또 힘든 점이 있었을 텐데 내가 왜 그랬을까, 하는 생각이 들기도 했다. 이 일을 계기로 엄마한테 앞으로 더 잘해야겠다고 생각했다.

2007년 12월 겨울, 이 일은 엄마에게나 나에게나 잊히지 않는 이야기다.

상처보다 아픈 기억

유아교육과 임송이

나이는 어렴풋이 7살이었던 걸로 기억한다. 4월 11일, 내 생일이었다. 친구들과 언니 친구들, 나와 언니가 함께 있었고, 엄마는 일이 있었기 때문에 생일상을 차려 놓고 가셨다. 친구들이랑 맛있는 음식을 먹고, 선물도 개봉하고 즐겁게 놀았다. 생일파티가 끝나갈 무렵 친구 대부분 각자 자기 집으로 돌아갔다.

그런데 한 친구가 그때 늦게서야 왔다. 난 그 친구에게 서운한 감정이 생겼고, 괜한 심술을 부리고 싶었다. 그래서 친구가 문을 두드릴 때, "왜 왔어?" 하고 대문을 열어서 얼굴만 살짝 보고는 닫아 버렸다. 그리고 다시 문을 열어 친구에게 "메롱!"을 한 뒤 또 닫았다.

그런데 그 순간 온몸이 서늘하며 떨려왔다. 문을 보니까 손가락이 문에 끼어 있었다. 손가락을 피하지 않고 문을 닫았던 것이다. 너무 놀라서 대문을 바로 열었는데, 손가락은 이미 피로 젖어 있었다. 피를 본 순간 울음이 터졌다. 문 밖에 서 있던 친구는 놀라서 뛰어가 버렸고, 방 안에 있던 언니랑 친구가 뛰어왔다. 언니가 내 손에 피가 나는 것을 보고, 휴지를 한 움큼 뜯어와 손을 돌돌 말아 지혈을 해 주었지만, 피가 워낙 많이 나서 휴지는 피범벅이 되었고 엉망이었다. 언니는 상태가 심각하다고 생각했는지 곧바로 엄마에게 전화했다.

그 후에 엄마랑 언니랑 함께 병원에 갔는데, 의사 선생님을 보기 전까지 얼마나 울었는지 모른다. 의사 선생님이 괜찮다면서 안심시켜 주는 말을 해 주어서 울음을 그칠 수 있었다. 그리고 마취를 하고 수술을 했다. 마취 주사를 맞을 때는 지금도 생생하게 기억이 날 정도로 너무 아팠지만, 마취제가 퍼지고 난 뒤 수술을 할 때는 내 손가락을 잡아당기는 느낌만 들었을 뿐 전혀 아프지 않았다.

지금 생각해 보면, 의사 선생님이 친절하게 계속 말을 걸어 주었기 때문에 무서움이 많이 사라졌던 것 같고, 난 손가락이 아파서 울었던 것보다는 '손을 다시 못 쓰지는 않을까?' 하는 생각 때문에 겁을 먹었던 것 같다. 다행스럽게도 손가락이 핏줄이나 신경 같은 부분이 다치지 않아서 꿰매는 것만으로도 나을 수 있어서 지금은 웃음거리로 웃고 넘길 수 있다.

그런데 한 가지 마음에 걸린다. 내가 장난을 쳤던 그 친구가 혹시 아직 이 일을 기억하고 마음에 담아 두고 있지는 않은지 말이다. 티는 내지 않았지만, 그 일이 있고 나서 예전보다 서로 함께했던 시간이 적었던 것 같다. 그때 난 그 상황을 탓할 사람이 필요해서 그 친구를 속으로 미워했기 때문이다.

13년 전 일이기 때문에 친구가 기억을 못할 확률이 높지만, 만약 그 친구가 아직 기억하고 있다면 늦었지만 지금이라도 사과하고 싶다. 왜

냐하면 그때는 친구가 늦게 와서 화가 났지만, 친구는 늦게라도 내 생일 파티에 와 줬고, 자신만의 이유가 충분히 있을 수 있기 때문이다.

친구의 상황은 고려해 보지 않고 내 생각만 했던 것은 정말 이기적이었던 것 같다. 괜한 투정을 부려서 미안하고, 네가 잘못했던 건 아무것도 없고 철이 없던 내가 자초한 일이었을 뿐이라고 말해 주고 싶다. 그렇게 말해 주고 싶은데 서로 연락도 하지 않는 상태라서 아마도 직접 말해 주기는 힘들 것 같다.

문득 이 글을 쓰면서 그 친구의 안부가 어떤지 궁금해졌다.

"친구는 지금 어떻게 살고 있을까?"

어디서 살며, 어느 학교에 다니는지, 그리고 잘살고 있는지 말이다. 그래서 난 잊고 있다가 간혹 들어가 보는 페이스북에 들어가 보았다. 친구 이름을 떠올리며 검색하려고 들어갔는데, 알 수도 있는 친구에 떠 가지고 찾기가 정말 쉬웠다. 들어가 본 결과, 친구는 잘살고 있는 것 같다. 조선대학교에 다니고 있고 남자 친구도 있으며, 페이스북 활동도 활발하고, 교우관계도 좋아 보였다.

친구가 잘살고 있다는 것을 확인하니 나도 기분이 좋아졌다. 친구가 그 기억을 잊고 좋은 기억을 많이 담고 있을 테니까 말이다. 아직 같은 광주에 살고 있으니까 나중에 서로 연락이 닿아서 만나게 되면 좋겠다. 분명 오랜만에 친구 얼굴을 보면 정말 반가울 것 같기 때문이다.

어렴풋이 기억나는 유치원 시절 기억을 더듬으면서 친구와 추억을 되새겨 보고 싶다. 오래된 추억을 되새겨 보는 것은 여러 면에서 즐거운 것이다. 돌아갈 수도 돌이킬 수도 없다는 것은 그만큼 값지고 소중하기 때문이다. 생각해 낼 수 있는 기억이 다한다면 사진으로도 다시 추억을 되새겨볼 수 있을 것이다. 오늘만큼은 친구와 함께 지냈던 지난 시절이 그리워진다. 나중에라도 친구랑 꼭 한 번 만나길 바라면서 이 글을 마쳐야겠다.

"친구야, 보고 싶다!"

내가 좋아하던 길

국제언어문화학부 전주희

해남 동초등학교로 가는 길에는 원래 큰 나무 한 그루가 있었다. 그 길은 세 갈래로 나뉘어져 있고 한쪽은 높은 계단 길, 한쪽은 짧지만 가파른 오르막길, 한쪽은 길고 평평한 흙길이다. 이곳은 내가 초등학교에 가는 길도 되고, 병원이나 터미널로 가는 길도 되고, 친구들과 놀 수 있는 상가가 가득한 곳으로 나가는 길도 된다. 이 길은 내가 참 좋아하는 길이다. 나는 평화로운 느낌을 주는 풍경을 몹시 좋아한다. 특히 이 길에는 어린 시절의 추억이 많이 담겨 있어 더 좋아했다.

초등학교 때 겨울이 오면 짧지만 가파른 오르막길이 눈 때문에 얼어 버려 올라가기 몹시 힘들었다. 하지만 그 시절엔 모든 것이 재미있고 신기해 하던 성격이라 아파트 친구들 그리고 동생들 손을 잡고 올라가려 애쓰며 모두 재미있게 등교했던 기억이 있다. 하교하면서 그 길을 지나갈 때에는 모두늘 박스를 타거나 그냥 앉아서 엉덩이가 젖는 줄도 모르고 그 길을 미끄럼틀 삼아 어둑어둑할 때까지 시간 가는 줄 모르고 놀았다. 이렇게 이 길은 놀이터가 되어 우리를 뛰어놀게 했다.

오르막길 바로 오른쪽 길은 흙길인데 나는 이 길 중간에 있는 큰 나무를 무척 좋아했다. 지금 생각해 보면 흙길 분위기 자체를 좋아했던 것 같다. 세 갈래 길로 가려면 다리를 건너서 가야 하는데 흙길 옆에는 강이 있어 조용하다. 그 길을 걸으면 길이 좁아 풀 때문에 다리가 간질거리기도 하고 강물이 흘러가는 소리가 있어 좋았다. 또 큰 나무가 있어 중간에 쉴 수 있는 그늘이 되어 주었고, 큰 나무의 전체적인 느낌이 좋아 일부러 그 길로 돌아서 갔던 기억이 많다. 이 길은 초등학교 가는 길이었기 때문에 중학교에 입학하고 나서는 지나가는 날이 별로 없었다. 하지만 나는 이 길을 참 좋아했기 때문에 친구들과 놀러가는 날이면 꼭 이 길로 가고는 했다. 비가 오는 날이면 흙길은 몹시 질퍽질퍽해 걷기 불편했다. 그래서 맑은 날 걷는 것을 좋아했다. 오래된 길이고 그만큼 이 안에 추억이 있기 때문에 더 좋아했다.

마지막으로 높은 계단 길은 반절은 계단 반절은 자전거가 내려가고 올라갈 수 있는 길이었다. 나는 이 길을 별로 좋아하지 않았다. 이 길은 높기도 하고 계단이 많아서 힘들고 아까 말했던 가파른 오르막길보다 훨씬 가파르기 때문이다. 물론 어렸을 때 느낀 감정이 커서까지 이어진 것이기는 하지만 말이다. 그래도 이 길을 통해 갈 수 있는 곳이 많아서 어쩔 수 없이 지나가야 할 때가 많았다. 병원을 갈 때나 유치원에 동생을 데리러 갈 때나 터미널을 가거나 복지회관에 기타를 배우러 가거나 영어학원을 가거나 하는 일로 말이다. 이 길을 별로 안 좋아하기는 했지만 한 가지 특별한 추억이 있다. 나는 어렸을 적 무척 활발하고 왈가닥했다. 영어학원 계단 난간에 올라가서 노는 도중 떨어져 다리에 금이 갔다. 집에 가려면 이 길을 무조건 지나야 했는데 계단이 너무 많아서 내려가지 못하고 울고 있을 때, 동생이 나를 업어 집까지 데려다 주었다. 그때 동생에게 고마웠던 기억이 있어 이 길이 잊히지 않는다.

하지만 이 세 길이 모두 없어졌다. 이 세 길은 내가 중학교 3학년, 아니 고등학교 즈음에 길을 편하게 낸다고 모두 허물고 아스팔트 길이 되었다. 물론 새로 바꾼 길이 편한 점이 있기는 하다. 몇 번 돌아서 가야 할 길을 이 길로 한 번이면 갈 수 있고 차가 지날 수 없는 길이었는데 이제는 차도 쉽게 지나다닐 수 있다.

나는 이 길을 좋아했던 사람으로서 이 길이 없어진다고 했을 때 정말 서운해서 사진으로 찍어 놓았다. 비록 지금은 핸드폰을 두 번이나 바꿔서 사진이 어디 있는지 모르지만. 그래도 이 길은 어렸을 적에 나와 내 친구들의 놀이터였고 중학생 때는 나의 감성을 풍성하게 해 주고 여유를 느끼해 해 주었으며 지금은 내 추억이 되었다. 비록 길이지만 할 수 있다면 고맙다는 말을 하고 싶을 정도로 나에게는 의미 있는 곳이고 잊히지 않는 이야기가 있는 곳이다. 지금은 광주로 이사를 와 20년 동안 살았던 해남에 자주 가지 못해 더욱더 그립다. 이 글을 쓰면서 이 세 길에서 어렸을 적 놀았던 기억이 새록새록 떠올라 정말 행복했다.

첫사랑

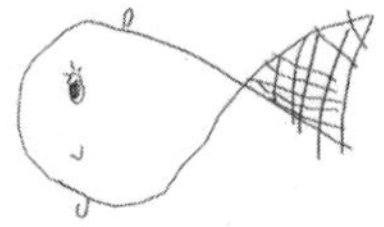

외국어학부 최수희

9년 전, 초등학교 4학년 때 나는 우리 반에서 가장 키가 큰 승규를 좋아했다.

야구부였던 승규는 성적은 비록 꼴등이었지만 까까머리를 한 채 웃는 모습이 어린 나의 마음을 흔들었다. 제비뽑기로 짝꿍을 바꿀 땐 승규랑 짝꿍이 된 친구한테 오백 원을 주고 몰래 제비를 바꾸기도 했다.

그러던 어느 날 나는 여전히 승규를 짝사랑하던 중이었고 나와 승규 사이에 진전이 없다는 것을 느껴 가장 친한 친구 경남이에게 사실대로 말했다.

"경남아, 나 승규를 좋아하는 것 같아. 옆에 있으면 가슴이 떨리고 자꾸만 승규에게 애꿎은 장난만 치게 돼."

가만히 듣던 경남이는 날 데리고 복도로 나왔다.

"우리 반에 승규를 좋아하는 애들이 너 말고 더 있는 것 같아. 다른 애한테 뺏기기 전에 어서 고백해."

경남이 말을 듣고 하늘이 무너지는 것 같았다. 승규를 뺏길까 봐 노심초사했고 잠자리에 들기 전엔 승규에게 어떻게 고백할까 생각하며 잠에 들곤 했다.

한 번은 승규가 꿈에 나왔다. 꿈속에선 빼빼로 데이였다. 아몬드 빼빼로를 하나 사서 등교를 했다. 아침 조회 시간이 끝나고 교탁 앞으로 가서 승규에게 아침에 산 빼빼로를 던지며 내 마음을 고백했다.

"정승규, 난 네가 좋아. 나랑 사귀자!"

난잡했던 교실 분위기가 조용해지고 몇 초 후 적막을 깨는 소리가 들렸다.

"그래. 나도 네가 좋아."

너무 행복했다. 그 말을 듣고 승규에게 다가갈 때쯤,

"최수희, 일어나. 학교 가야지!"

엄마 목소리였다. 눈을 뜨고 너무나 허망했다. 그러다 문득 오늘이 기회라는 생각이 들었고 부랴부랴 준비한 뒤 집 밖을 나섰다. 꿈속에서처럼 빼빼로 데이는 아니었지만, 아몬드 빼빼로 하나를 샀다. 마침내 학교에 도착했고 자리에 앉았지만, 교탁에 설 용기는 나지 않았다. 1교시, 2교시, 3교시가 흘렀지만 두 발은 떼어지지 않았다. 수업 내용은 하나도 귀에 들어오지 않았다. 온통 승규 생각뿐이었다. 공개적으로 말할 용기가 나지 않아 결국 승규에게 쪽지를 보냈다.

'점심 먹고 학교 건물 뒤편으로 와!'

입맛도 없었다. 점심을 먹지 않고 건물 뒤편으로 먼저 가 승규를 기다렸다. 떨리는 마음에 애꿎은 빼빼로만 만지작거렸다. 몇 분 후 승규 목소리가 들렸다.

"수희야, 왜 불렀어?"

눈도 마주치지 못한 채 땅만 보며 말했다.

"나 너 좋아해. 내가 항상 장난만 치니까 눈치 못 챘을 거야. 근데 정말 좋아해."

승규는 가만히 듣고만 있다가 조심스레 입을 열었다.

"미안해, 수희야. 난 경남이를 좋아해."

너무 비참했다.

손에 들고 있던 아몬드 빼빼로를 바닥에 던지고 자리를 피해 뛰었다. 창피하고 부끄러운 마음에 눈물이 흘렀다. 점심시간이 끝나는 종이 울렸지만 나는 교실에 들어가지 않았다.

어린 나이지만 이 첫사랑은 내게 잊히지 않는 추억 거리 중 하나이다.

편견

보건의료공학과 한건희

2009년 초등학교 6학년 때 나는 놀기 바쁜 평범한 초등학생이었다. 공부보다는 노는 게 좋았고, 항상 학교 가서 놀고 쉬는 시간에도 놀고 학교가 끝나고도 놀고 집에 돌아와서도 놀고 잠이 들기 전까지 놀기만 했다. 왜냐하면 학교에서나 집에서나 공부를 강압적으로 시키지도 않았을 뿐더러 아직 공부를 하기에는 이른 나이라고 생각하셨기 때문이다.

그렇게 놀기만 하는 반복되는 생활을 하며 여름방학이 지나고, 가을 2학기가 시작되어 평소처럼 학교에 갔다.

"아, 수학시간이야!"

친구들이 탄성을 절로 내며 자리에 앉기 시작했다. 나도 수학책만 펴놓고 멀뚱멀뚱 칠판만 바라보며 아무 생각 없이 있는데 담임 선생님의 태도가 달라지셨다.

"건희야, 이제 2학기도 됐고 곧 있으면 중학생이 되는데 공부 좀 했으면 좋겠구나."

하지만 나는 공부가 무서웠다. 그리고 늦었다고 생각했다.

"쌤, 저는 곱셈 나눗셈도 잘 못하는 걸요."

"선생님이 하는 것만 잘 따라서 해 봐. 수학은 늦었다 생각했을 때가 가장 빠른 거야. 어려운 게 아니니까 너도 하면 잘할 수 있을 거야."

정말 믿을 수 없는 일이 일어났다. 선생님이 하라는 것만 잘 따라서 하니 문제가 풀리는 것이다. 나는 그 뒤로 같은 유형 두 문제를 더 풀어 보았고, 문제가 술술 풀리니 수학에 흥미를 느끼기 시작했다.

학교가 끝나고 집으로 돌아오는 길, 집 앞문에 학원 수강 포스터가 붙어 있었다.

"엄마, 저 수학학원 보내 주면 안 될까요?"

"어이구, 우리 아들! 그런 기특한 생각도 다 하고, 저녁만 먹고 수강 신청 하러 가 보자."

그렇게 나는 학원을 다니게 되었고 기초부터 시작해서 한 달 만에 중간고사 수학 성적이 93점이 되었다. 그 뒤로 학원에서 전 과목 수업을 듣고 기말고사 때는 32명 중에 30등을 하던 내가 노력 끝에 12등을 했다. 나는 기분이 몹시 좋았고 노력은 역시 배신을 하지 않는다는 교훈도 얻었다. 그리고 다음 날 학교를 가면서 칭찬과 환대를 받을 생각에 들떠 좀 더 빠른 걸음으로 학교에 갔다. 하지만 어찌된 일인지, 교실 공기는 무거웠고 친구들이 나를 보는 시선도 달랐다. 반장이 나를 보고 교무실에서 선생님이 부른다고 했다. 나는 의문도 모른 채 교무실로 갔다. 거기에는 담임 선생님과 부장 선생님이 계셨다.

"이리 와서 앉아 봐!"

부장 선생님은 무섭게 나를 불러 앉혔다.

"너 잘못이 뭐인 거 같아?"

부장 선생님은 뭔가 알고 있다는 듯 나를 무섭게 쪼아 댔다.

"네?"

"아직도 뭘 잘못한지 모르는 거야? 모르는 척하는 거야? 기다려 봐. 성적표 가져올게."

나는 겁을 먹고 아무 말도 하지 못한 채 무언가를 찾으러 가는 부장 선생님과 옆에서 그저 날 보고 있는 선생님 얼굴만 보며 떨고 있었다.

"자, 봐 봐. 1학년 때부터 6학년 1학기까지 항상 꼴찌였는데 지금은 12등이지? 이게 무슨 말이겠어? 너는 컨닝을 했는데 계속 발뺌하니 용서해 줄 수도 없어."

"저 컨닝 같은 거 안 했어요."

"야 임마!"

부장 선생님은 내가 한마디라도 더 했다가는 때릴 기세로 소리쳤다. 곁에서 선생님이 나를 보고 타일렀다.

"건희야, 왜 그랬니?"

담임 선생님마저 나를 못 믿고 내뱉는 말에 억울했다. 나는 그 자리에서 그만 참고 있던 울음을 흐느꼈다.

그 뒤로 묻는 말에 대꾸를 하지 않자 부장 선생님은 결국 부모님을 불러 오셨다.

"어머님, 이건 성적 문제라서 저희 선에서 끝낼 수가 없고 처벌을 받아야 될 것 같습니다."

"무작정 우리 아들을 컨닝으로 몰고 가시네요."

"몰고 가는 게 아니라요. 어머님, 6년 가까이 꼴찌만 하던 애가 하루아침에 갑자기 이런 성적을 받을 수 있다는 게 말이 됩니까? 교직생활 20년 넘게 해 봤는데 이런 케이스는 전부 컨닝이었어요."

"그럼 건희만 다시 재시험을 보시죠."

"알겠습니다. 그럼 재시험을 봤는데 꼴찌를 한다면 더 이상 저희 손에서 해결하지 않겠습니다. 한건희, 오늘 시험 다 보고 집에 가라."

"네……."

나는 그렇게 학교 끝날 때까지 5과목 시험을 봤고 결과는 평균은 조금 내려갔어도 여전히 12등 성적을 냈다. 그렇게 나는 잃을 뻔했던 것을 지켜 냈고 신뢰와 인정을 받았다. 부장 선생님과 담임 선생님은 부모님에게 정중히 거듭 사과를 했고, 다시는 나를 무시하지 않았고 모든 오해를 풀게 되었다.

지금 생각해 봐도 편견은 정말 무섭다.

개도 침을 뱉고 싶을 때가 있다

도시계획부동산학과 김병재

내가 중학교에 다니던 시절 겪은 일이다. 그날도 나는 학원에서 공부를 했다. 학원이 끝나면 밤이 되어 어두웠는데 그때는 초겨울이라 더 어두웠다.

학원이 끝나고 나는 평소와 다름없이 집을 향해 걸어갔다. 늘 가던 길 그대로, 밤이라 그런지 아니면 조금 외진 곳이라 그런지, 주위에 사람은 보이지 않았다. 기분 좋은 정적 속에 내 발소리만 들렸다. 잠시 걷다 보니 왼쪽 구석에서 무언가가 움직이는 게 보였다. 고양이를 기대하며 발걸음을 멈추고 지켜보니 작은 개 한 마리가 나왔다. 나는 개보다 고양이를 더 좋아해 조금 실망하고 개를 보았다. 그 개는 얼굴에 주름이 많고 험상궂게 생겼다. 몸집이 작은 건 원래 그런 종인 것 같았다.

그 개는 천천히 오른쪽 길가로 가고 있었다. 걸어가며 주위를 둘러보다 나를 발견한 듯 잠시 멈춰 섰다.

눈이 마주쳤다.

다시 봐도 험상궂게 생겼다. 그 개는 한동안 나를 바라보더니 이윽고 흥미를 잃은 듯 다시 걸어갔다. 나도 계속 보고 있을 생각은 없었기 때문에 다시 발걸음을 옮겼다. 천천히 걸어가던 개를 지나쳐 가는데 뒤에서 소리가 들렸다.

"퉷!"

침을 뱉는 듯한, 기침을 하는 듯한, 그런 소리였다. 뒤를 돌아보니 방금 지나친 개가 있었다. 둘레에 사람은 보이지 않았다.

"……."

잠시 멍해져서 개를 보고 있으니 개가 멈추고 내 쪽을 보았다.

다시 눈이 마주쳤다.

개는 조금 전보다 더 빨리 고개를 돌리고 걸어갔다. 그리고 주차되어 있던 차에 가려 보이지 않았다.

혹시나 하는 마음에 다시 주위를 둘러보았다. 개가 있던 쪽에는 아무도 없었다. 반대쪽도 마찬가지였다.

나는 생각했다.

'개도 침을 뱉고 싶을 때가 있나 보구나!'

이처럼 타인의 친절이 한 사람의 인생에 스며들어 있을 수 있다는 걸
생각하니 이 얼마나 기분 좋은 일인가.
얼굴조차도 전혀 기억이 나질 않는 타인이지만 그 사람이 베풀어 준
친절만큼은 내가 죽을 때까지 기억할 것이기 때문이다.

넷

내 마음속 똥개

나는 그 말을 듣고 아무렇지 않게 밥을 먹었고,
아무렇지 않게 텔레비전을 보았다. 꿈만 같았고 꿈이길 바랐다.
나비가 내 곁을 떠났다는 현실이 쉽게 받아들여지지 않았다.
집 밖, 곳곳을 돌아다닐 때마다 울음이 나왔다.
다른 사람이 보면 이런 내가 이상하게 느껴질 수도 있지만
그만큼 나에게 그 녀석은 너무나도 큰 존재였다.

병아리와 감

사회복지학부 문주용

어릴 적 제 꿈은 만화가였습니다. 그 당시 초등학교 3학년이었습니다. 미술학원이 끝나면 부푼 기대를 안고 집에 도착했습니다. 만화책을 빌려 보는 시간이었기 때문입니다. 만화책을 빌리러 가는 그 시간이 정말 즐거웠습니다. 그래서 한겨울에 버스로 두 정거장이나 되는 거리를 걸어 다니곤 했습니다. 만화책 다섯 권을 빌리면 딱 1000원이었는데 언제나 만화책을 빌리는 데 돈을 다 쓰곤 했습니다. 만화책을 빌리고 집에 오면 제 비밀 기지와도 같은 공간에 들어가서 보았습니다. 우리 집에서 옷 창고로 쓰던 방이었습니다. 쪽방에다가 보일러도 안 되는 방이었습니다. 혼자 콧물을 훌쩍이며 만화책을 다 보면 따라 그려 보기도 하고 몇 번이나 다시 읽어 보곤 했습니다.

어느 날 평소처럼 만화책을 빌리러 가는 길이었습니다. 한 정거장 정도 지나니 한 할머니가 귀여운 노란 병아리를 팔고 계셨습니다. 병아리를 유심히 살펴보다가 '아냐……. 분명 다른 친구들이 키운 병아리는 이틀 만에 죽었잖아! 그러니 병아리는 다음에 사고 만화책 빌리자!' 하며 만화책 방으로 갔습니다. 하지만 만화책을 고르는 동안에도 병아리가 눈에 아른거렸습니다. 결국 그날은 만화책 보기를 포기하고 병아리를 샀습니다. 두 마리에 600원, 사료 하나에 400원으로.

검은 봉지에 두 녀석을 데려오는 길이 너무 길게 느껴졌습니다. 그래서 중간에 녀석들을 놔두고 쉬기도 하며 집에 간신히 도착했습니다. 지금은 녀석들 이름이 기억나지 않습니다. 아마도 그때 암컷인지 수컷인지 구분하지 못했지만 한 녀석은 여자 이름으로, 한 녀석은 남자 이름으로 지어 줬던 것 같습니다. 먼저 집에 도착하니 녀석들이 똥을 쌌습니다. 넣어 놓을 공간이 필요해서 급한 대로 스티로폼 상자에 넣어 두었습니다. 신문지를 먼저 깐 다음 물과 사료를 조금씩 넣어 주었습니다.

그날 가족들이 집에 도착하자 정말 땀이 나고 긴장됐습니다. 부모님 허락 없이 녀석들을 데려와서 분명 무슨 소리를 들을까 봐 걱정되었기 때문입니다. 특히 아버지는 성격이 불 같아서 녀석들을 죽일 수도 있을 거란 생각이 들었습니다. 그런데 예상과 달리 가족들은 처음에는 뭐냐며 묻다가 키워도 된다고 허락해 주었습니다. 나중에 아빠가 얘기해 줬는데, 아빠도 어렸을 때 산에서 꿩 알을 주워서 부화까지 시킨 적이 있다고 하셨습니다. 그래서 아빠가 병아리를 우호적으로 대했던 것 같습니다. 어쨌든 그렇게 시간이 조금 지났습니다. 하루하루 녀석들이 죽을까 봐 마음 졸여 가며 일주일이 가니 그 뒤로는 녀석들이 걱정되지 않았습니다. 가끔 녀석들이 스티로폼을 부리로 쪼아서 구멍을 낸 것 빼고는 말입니다.

그리고 여느 때처럼 만화책을 빌리고 집에 왔습니다. 그런데 집에서 병아리 우는 소리가 계속 들렸습니다. 무슨 일이 생겼다는 것을 알고 조심히 문을 열어 보니 마당 나무 밑에 한 녀석이 날개에 상처가 난 채 숨어 있었습니다. 한 녀석은 보이지 않았습니다. 아빠와 오빠는 마당에서 저를 보며 멍하니 서 있었습니다.

아빠한테 물어보았습니다.

"아빠! 병아리 한 마리는 어디로 갔어요?"

그러자 오빠가 "고양이가 방금 물어갔어!" 했습니다. 오빠와 아빠는 저를 걱정스럽게 바라보았습니다. 아마도 제가 울 것으로 생각했나 봅니다. 그런데 저는 그때 덤덤히 남은 한 녀석을 다시 상자 안에 넣어 놓았습니다. 생각해 보면 왜 그랬는지 모르겠습니다. 눈물도 나지 않았습니다.

그런데 문제는 그 다음 날이었습니다. 집에 들어오자 살아오면서 본 적도 없는 엄청나게 큰 고양이가 마당에 있었습니다. 저와 눈이 마주쳤는데도 피하지 않고 있다가 감나무 위로 올라갔습니다. 설마 하고 스티로폼 상자로 달려갔습니다. 남은 한 녀석이 보이지 않았습니다.

'어떻게 다친 녀석을……! 게다가 아직 새끼인데!'

겨울 찬바람에 나온 눈물이었는지, 아니면 슬퍼서 나온 눈물이었는지……. 눈물이 찔끔찔끔 흘렀습니다. 스티로폼 상자는 고양이가 긁어 놓은 자국만 남기고 아무것도 없었습니다. 속으로 '그렇구나…….' 하고 말았습니다.

'어차피 더 커 봤자 키울 수 없었을 거야…….'

며칠 뒤 단짝이 집에 놀러 왔습니다. 친구 이름은 혜선이었습니다. 혜선이는 마당에 열린 감이 먹고 싶다고 했습니다. 제가 "꼭 먹어야 해……?" 그러자 혜선이는 "응." 했습니다. 아빠를 불렀습니다. "아빠, 저 감 하나만 따 주세요!" 아빠가 나무에 올라가서 하나 따 주셨습니다. 혜선이는 감 하나를 받아 양동이 물에 감을 씻었습니다. 그때 제 눈에 감에 묻은 핏자국이 조금 보였습니다. 혜선이는 그 감을 잘 씻어서 한입 먹었습니다.

어미개

대체의학과 김휘영

이야기는 내가 초등학교에 입학하기 2년 전 6살 때 이야기다. 그때 우리 가족은 초등학교에 다니는 형과 누나의 방학에 맞춰 외조부모님이 있는 시골로 여름휴가를 갔다. 외조부모님은 전남 신안 임자도에 사셨다. 그때 나는 임자도로 휴가 가는 것을 좋아했다. 그곳에 가면 항상 웃는 얼굴로 반겨 주는 외할아버지와 외할머니가 계셨고, 또 마당에 있는 어미개 그리고 개장 속에 있는 작고 귀여운 새끼 강아지 때문이다.

나는 개를 유난히 좋아했고 그곳에 가면 친척들이나 형과 누나랑 노는 것보다 마당에서 어미개와 뛰어노는 것을 더 좋아했다. 그 어미개는 시골 어디에서나 흔히 볼 수 있는 똥개였다. 사납지 않고 온순해 나에게 좋은 친구가 되어 주었다. 밥을 주고 씻겨 주고 등에 올라가 장난도 치며 삼촌들과 낚시를 갈 때도 함께 데려갔다. 그런 나를 보고 외할아버지는 "데려가서 키워라." 농담을 하셨고 나는 세상 모든 것을 가진 것마냥 기뻤다.

어미개와 함께하는 시간이 길어지면서 어미개도 나를 잘 따르고 나도 어미개에게 많은 정이 들었다. 그렇게 시간이 흘러 4일째 되던 날 여느 날과 다름없이 개에게 밥을 주러 갔다. 그런데 어미개는 밥을 먹지 않고 계속 나만 보는 것이다. 나는 어미개가 걱정이 되어 그 사실을 삼촌들에게 말했다. 그러자 삼촌들은 신기하다는 듯이 “개도 알 건 아나 보네!” 했다. 나는 무슨 뜻인 줄 몰랐다. 어미개는 이상하게 저녁때까지 아무것도 먹지 않고 나를 보며 계속 낑낑거릴 뿐이었다. 밤이 돼서 나는 어쩔 수 없이 걱정되는 어미개를 두고 집에 돌아와 잠을 잤다.

다음 날 새벽 일찍 나는 눈이 떠졌다. 평소 아침잠이 많았지만 그 날따라 잠이 오지 않았다. 잠에서 깬 나는 옆에 함께 잠들었던 아버지가 안 계셔서 집 밖으로 나와 보았다. 해가 뜨고 있지만, 살짝 어두웠다. 어제저녁에 낑낑거리던 어미개가 걱정이 되어 개장으로 가 보았다. 하지만 개장 안에는 강아지만 있고 어미개는 없었다. 그렇게 나는 어미개를 찾아 나섰다.

그때 마당에서 멀리 떨어진 선창에서 개 우는 소리가 들렸다. 나는 그 소리에 이끌려 선창 쪽으로 가 보았다. 선창에 가까워지자 멀리서 외할아버지와 아버지 그리고 삼촌들이 보였다. 그리고 그 장면은 10년이 지나도록 내 머릿속에서 잊히질 않고 아직도 생생히 기억난다. 외할아버지와 아버지가 커다란 몽둥이를 들고 어미개를 패고 있었다. 그 장면이 충격스럽고 무서워 나는 울면서 숨어 지켜볼 수밖에 없었다.

나에게 항상 웃으며 자상하게 대해 주던 외할아버지와 아버지는 그때만큼은 마치 귀신처럼 무서웠다. 다 죽어 가던 개를 불로 그을리던 삼촌들이 너무 싫었다. 뜨겁지만 울 힘도 없던 어미개는 조용히 죽어갔다. 어미개가 불에 타들어 가는 모습이 너무나도 무서워 집으로 뛰어갔다. 집에 도착해 이불 밑에 숨어 죽은 개가 어미개가 아닐 것이라고 믿고 싶었다.

외할아버지와 아버지 그리고 삼촌들은 점심때 집에 돌아오셨다. 나는 외할아버지에게 달려가 어미개가 어디 있냐고 물었지만, 외할아버지는 개가 집을 나가 버렸다는 거짓말을 하셨다. 아버지나 삼촌들에게 물어봐도 모두 어미개가 집을 나가 버렸다고 거짓말만 할 뿐이었다. 나는 서러움에 눈물이 터져 아침에 본 것을 외할머니에게 말하고 모두 혼내 달라 했다. 외할머니는 울고 있는 나를 안아 주며 "어이구 내 새끼 어이구 내 새끼……." 하며 나를 달래 주셨다. 그날 밥상에 오른 개고기를 나는 차마 먹지 못했다. 지금도 그 기억은 나에게 강렬하고 깊게 남아 있다.

지금 우리 집에서도 애완견을 키우고 있다. 집에 갈 때마다 나를 반기는 모습을 보면 정말 사랑스럽고 귀엽다. 하지만 그 개를 보고 있으면 어미개가 생각난다. 알 수 없는 무언가가 가슴속에 느껴지고 미안한 마음마저 들기도 한다. 지금은 내가 개를 좋아하는지 싫어하는지조차 모르겠다.

나비의 마지막 뒷모습

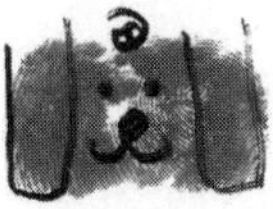

관광경영학과 김도경

어렸을 적 부모님 일로 중학교 때까지 할머니 할아버지 손에 맡겨졌다. 그 집에는 고양이 두 마리가 살고 있었다. 그 둘은 모녀 관계였는데, 그중 어미 고양이가 유독 사람 말을 잘 따랐다. 그래서인지 털 날린다고 동물을 싫어하는 할머니 할아버지가 유일하게 옆을 내주는 동물이었다. 이름은 특별히 없었다. 그냥 할머니가 지어준 나비.

나비는 우리가,

“나비야.”

하고 부르면,

“야옹.”

하며 어김없이 달려오는 녀석이었다.

나보다 더 김치를 잘 먹었고, 칭찬받는 것을 좋아했다. 다른 고양이가 잡은 쥐를 자기가 뺏어 밤중에 창문을 보고 앉아 가족 중 한 사람이라노 볼 때까지 우는 아이였다. 어느 한 사람이 창문을 열고 칭찬을 해 주면 그제야 제 볼일을 보았다. 그 모습을 지켜볼 때마다 너무 웃겼고 귀여웠다.

나비는 나에게 몸집은 훨씬 작아도 내 옆을 지켜 주는 든든한 나무 같은 존재였고, 무슨 말이든 잘 들어주는 친구가 돼 주었다. 말할 수 없는 동물이지만 행동이나 눈빛만으로 나는 나비의 마음을 알 것 같았다. 나이가 많이 들어 몸이 약해졌다는 것을 알고 있었지만 내가 시집갈 때까지 살아 있었으면 하는 마음이 컸다. 이렇듯 나비는 단순히 집 밖에서 키우는 동물이 아닌 우리 가족의 일부였다. 나는 몇 년 동안 같이 살아서 누구보다 나비를 잘 알고, 아껴 주는 사람이라고 생각했다. 그런데 그 생각이 착각이었다는 것을 깨달았다.

중학교 2학년 때였다. 여름방학 전부터 이상하게 나비가 집을 잘 안 들어오고, 오랜만에 집에 들어왔다 싶으면 부드러웠던 등 털이 딱딱하게 뭉쳐 있었다. 나는 그런 모습을 볼 때마다 '얘가 어디를 얼마나 돌아다닌 거야!' 할 뿐이었다.

방학이 시작되고 할머니 집에 작은 고모네 식구들이 놀러왔다. 어린 아이들이 셋 있었다. 나는 아이들과 놀아 주기 바빴고, 그날도 어김없이 나비는 보이지 않았다. 한참 방 안에서 놀다가 다섯 살짜리 애를 데리고 마당을 돌던 중, 집 뒤쪽 돌담에 나비가 앉아 있는 것을 보았다. 너무 반가워서 애를 데리고 나비에게 갔다. 나비는 늘 그러듯이 도도하게 나를 바라보며 앉아 있었다. 부르면 항상 왔기에 그날도 나는 "나비야." 하고 불렀다. 나비는 "야옹." 대답했다. 그런데 녀석은 내게 오지 않았다.

내가 너무 당연하게 생각한 걸까, 하면서 계속 불렀다. 하지만 나비는 나를 빤히 바라보며 대답만 할 뿐 다가오지 않았다. 다섯 살짜리 애에게 만지게 하고 싶어서 녀석에게 손을 뻗어 보았다. 그러자 나비는 뒤돌아 가 버렸다. 내가 부를 때마다 중간중간 나를 돌아보았지만 결국 가 버렸다. 그때 나는, 별거 아니라고 생각했다.

하루가 지나고, 일주일이 지나도 나비가 집을 오지 않아 걱정은 날로 쌓여 갔다. 그러던 어느 날 학교를 마치고 밥을 먹고 있던 나에게 할머니가 말씀하셨다.

"느그 할아버지가 밭에 가다가 보니까 구석지에 나비가 죽어 있더랜다. 그래서 묻어 주고 왔다드라. 죽을 때가 되긴 혔지."

나는 그 말을 듣고 아무렇지 않게 밥을 먹었고, 아무렇지 않게 텔레비전을 보았다. 꿈만 같았고 꿈이길 바랐다. 나비가 내 곁을 떠났다는 현실이 쉽게 받아들여지지 않았다. 집 밖, 곳곳을 돌아다닐 때마다 울음이 나왔다. 다른 사람이 보면 이런 내가 이상하게 느껴질 수도 있지만 그만큼 나에게 그 녀석은 너무나도 큰 존재였다. 나는 나비를 누구보다 잘 알고 있다고 생각했던 예전의 내가 너무 후회되고 미웠다. 불러도 오지 않고 바라만 보며 울던 나비 모습이 나에게 보여주었던 마지막 모습이었던 것이다.

고양이는 죽을 때가 되면 주인 옆이 아닌 멀리 떨어진 곳에서 죽음을 맞이한다고 한다.

'우리 나비도 그랬던 거구나. 그래서 나를 보고도 오지 않았던 거구나.'

'내가 너무 외롭게 보낸 건 아닐까.'

하는 생각이 든다.

고양이 습성이 그렇다 하지만 나에겐 아직도 천천히 걸어가던 뒷모습이 생생하며, 잊히지가 않는다. 나비와의 좋은 추억 때문인지 몰라도 나에겐 항상 일 순위 동물은 고양이이며, 키우고 싶은 동물도 고양이가 되었다. 하지만 아무리 말을 잘 듣고 어여쁜 고양이를 보더라도 우리 나비만큼의 고양이를 본 적도 없고, 볼 수도 없을 것 같다. 평생.

길냥이

문헌정보학과 이성훈

우리 집은 기와집으로 돼 있는 집이라 창이 잘 잠기지 않습니다. 잠금 장치가 없어 자주 누군가 창문을 여는데 대부분 고양이가 여는 것입니다. 중학교 2학년 때 다친 고양이를 치료해 준 적이 있는데, 그 뒤로 자주 집에 찾아왔습니다. 다친 데가 다 나아서 다시 길거리로 돌아갔을 때는 창문도 열지 못하던 고양이가 이제는 네 마리 어미 고양이가 됐습니다. 어미 고양이가 되고 난 뒤에 먹는 양이 많이 늘어서 돈이 많이 들었지만, 어떻게 하겠습니까. 이미 정이 들었는걸요.

"길냥아, 아프지 말고 빨리 새끼 낳고 너희 집 가서 놀아."

하자, 갸릉갸릉거리고 창문을 나가는 걸 보며 되게 신기했죠. 마치 제 말을 알아듣는 듯했습니다. 그 뒤 몇 개월 동안 집에 오지 않았습니다. 새끼를 낳으러 갔나, 하면서 그냥 그렇게 생각했죠.

꽤 오랜 시간이 지난 뒤 오랜만에 창문이 스스로 열렸습니다. 저는 바로 고양이란 걸 알 수 있었죠.

"길냥아, 왔니?"

하고 묻자,

"캬으."

하는 조금 위협적인 소리가 들려왔습니다.

처음 보는 검은색 고양이가 있더군요.

"넌 누구니?"

하자 바로 뒤에서 익숙한 그릉 소리가 들렸습니다. 분위기를 보니 저 검은색 고양이가 남편인 듯했습니다.

"새끼들은?"

하자 곧이어 올라오지 못해서 낑낑거리는 소리가 들려왔습니다.

마치 결혼 후에 외가댁에 놀러 온 아이들 같더군요.

"인사하러 온 거야?"

물어보자 획 옆으로 고개를 돌려 지긋이 다른 곳을 보는 것이 부끄러워하는 것처럼 보였습니다.

그 뒤부터 옆에 있는 고양이에게 눈이 가기 시작했습니다. 길고양이치고는 상당히 건강해 보였지요. 그리고 무엇보다 수컷 길 고양이는 교미 후에 바로 도망가는데 이 고양이는 계속 암컷 고양이에게 붙어 있다는 것이 신기했죠.

꽤 기특해서 오랜만에 서랍에 있는 캔을 뜯어 먹으라고 길냥이 앞에 두었더니 신기하게도 바로 먹지 않고 남편 한 입 먹으라고 하는 듯한 자세를 하고 남편이 고개를 절레절레 흔들자 캔을 들고 밖으로 나가는 것이었습니다.

"어? 어디가?"

단 한 번도 먹을 것을 거절해 본 적이 없는 아이라서 놀랐습니다. 그런데 밖을 보고 또다시 놀랐습니다. 고양이들은 성장이 빠르다더니 몇 개월 전만 해도 손바닥보다 작던 길냥이가, 이제는 예전 자신만 한 새끼들을 벌써 챙기고 있더군요. 조용히 창문을 닫고 새끼들에게 먹을 것을 주도록 잠시 내버려 두었지요. 그러자 갑자기 캬오 하는 소리가 뒤쪽에서 들리는 것이었습니다. 자기 부인이 보이지 않아서 안절부절못하는 모습을 보니 오히려 인간보다 동물이 낫다고 말한 사람들이 이와 비슷한 모습을 보지 않았냐는 생각조차 들더군요,

밖에서 자기 남편 부르는 소리를 들었는지 길냥이가 창문을 열자 바로 달려가 옆에 꼭 붙어 서 있는 것이 부럽기까지 하더군요. 나는 여자 친구 하나 없는데……. 그렇게 밖으로 나간 고양이 부부는 새끼 고양이들이 밥을 다 먹은 것을 확인한 뒤에 조금 있다가 집으로 갔습니다. 솔직히 집은 있는지 모르지만요. 누런 고양이는 1호, 조금 어벙하게 생긴 누런 고양이는 2호, 어미 닮은 고양이는 3호, 검은색 4호. 이렇게 말이죠.

그 뒤 1호와 3호가 정말 시도 때도 없이 찾아왔습니다. 학교 나가서 없는 때도 찾아와 이리저리 방을 난장판으로 만들고, 핸드폰 충전기만 뜯어먹고 마치 테러처럼 습격해 오더군요. 그러다 어느 날, 할머니가 제 방문을 열고 들어가고 말았습니다. 3호를 봐 버린 거죠. 할머니는 동물을 싫어하는 편이어서 상당히 화를 내셨습니다. 고양이를 말도 없이 방에 들이면 어떻게 하냐, 기생충 옮는다, 흙 묻는다, 이런저런 설교를 들었죠. 그래도 이미 자식처럼 느껴지는 고양이들이라 안 들여보낼 수도 없고 그냥 몰래몰래 들여놓았죠.

그러다 어느 날 할머니가 정원에 작게 뭔가를 가져다 두셨습니다.

"할머니 이게 뭐예요?"

할머니가 고양이 집이라고 짧게 말씀하셨습니다.

저는 엄청나게 놀랐습니다. 할머니가 치매에 걸리셨나, 하는 생각조차 했죠. 할머니는 절대 동물을 좋아하실 분이 아니라는 생각이 머릿속에 꽉 차 있었기 때문이죠. 혼란스러워서 할머니에게 물어보니 결국 고양이들이 한 건 했다는 걸 알 수 있었습니다.

"처음에는 그렇게 징그러운 애들이 마을을 더럽히는 줄 알았더니 쥐도 잡고 벌레도 잡고 정말 좋은 애들이야."

하셨습니다.

결국 필요에 의해 우리 집 정원에서 살게 됐고, 지금도 집에서 잘살고 있습니다. 그리고 할머니는 늘 이렇게 말하죠.

"역시 개새끼보다는 고양이새끼지!"

아구몬 인형

컴퓨터공학과 김예지

지금으로부터 16년 전, 네 살 때 있었던 이야기이다. 네 살 때 나는 사랑받는 걸 무척 좋아했고, 한시도 가족 곁을 떠나 혼자 있는 걸 싫어했다. 특히 엄마와 떨어져 있는 걸 극도로 싫어했다.

그러던 추운 겨울 저녁이었다. 그때 나는 아빠, 오빠, 할머니와 함께 자동차 안에 있었다. 하지만 엄마는 함께 있지 않고, 자동차는 우리 동네에서 가장 큰 병원 주차장에 있었다. 나는 어린 나이이기도 하고, 저녁 늦게 엄마와 떨어졌던 적이 없기 때문에 많은 두려움과 불안함을 느꼈다.

“아빠, 엄마는 어디 있어? 왜 같이 안 있어?”

아빠는 잠시 생각하는 듯했다.

“엄마는 지금 아파서 좀 있다가 괜찮아지면 보러 갈 거야. 그때까지 기다리자.”

나는 오히려 그 말을 듣고 나서 두렵고 불안했으며 무서웠다. 항상 건강하고 날 챙겨 주던 모습만 보고 지낸 나로서는 엄마가 아프다는 말에 상당히 충격을 받았다.

아빠는 우리에게 충격을 주지 않으려고 엄마가 맹장 수술을 받고 있고, 우리는 지금 엄마를 기다리는 중이라고 했다. 아빠는 이렇게 말을 돌려서 했지만 어린 나에게는 이조차도 감당할 수 없는 일로 다가왔다.

나는 아빠 말을 듣고 울기 시작했다.

"엄마 보고 싶어……."

떨린 목소리로 한마디 힘겹게 내뱉었다.

"곧 보러 갈 거야."

아빠는 그런 나에게 나지막이 위로해 주며 할머니는 말없이 나를 껴안았다. 하지만 나는 쉽게 두려움과 불안함을 가라앉히지 못했다. 오히려 더 두려움과 불안함이 쌓이고 쌓여 무서움이 나를 덮쳤다.

내 울음소리는 더욱 커졌고, 아빠와 할머니 얼굴은 점점 안 좋아지셨다. 그때 문득 아빠가 나에게 말을 건넸다.

"이 앞 장난감 가게에 인형 사러 갈까? 인형 사고 엄마 보러 가면 되겠다."

지금 생각해도 왜인지는 모르지만, 그 말을 듣고 나는 울음을 점차 그치기 시작했다. 인형을 사고 나면 엄마를 볼 수 있다는 믿음 때문인지는 모르지만, 엄마가 아프고 내 곁에 없다는 두려움이 잠시나마 사라졌다.

"인형만 사고 나면 엄마 볼 수 있는 거야?"

울음을 멈추고 아빠에게 약속의 표시로 새끼손가락을 내밀었다.

"그래. 지금 인형 사러 가자."

아빠는 나에게 새끼손가락을 걸어 주고 자동차에 시동을 켜고 장난감 가게가 있는 곳으로 차를 몰았다. 그때 그 모습이 참 멋있어 보였다.

장난감 가게에 도착한 뒤 차에서 내려 가게로 뛰어 들어갔다. 장난감 가게에는 색색이 예쁜 인형이 가득 차 있었고 어린이들이 좋아할 만한 멋진 장난감이 가득했다. 하지만 내 눈에 띈 건 예쁜 인형도 아니고 멋진 장난감도 아니었다. 나는 작은 크기의 아구몬 인형이 마음에 쏙 들었다. 아구몬은 파충류 형을 본떠 만든 인형이며, 어린 아이들이 좋아할 만한 귀여운 인형은 아니었다.

"아빠, 이거 사 줘."

내 고사리손으로 작은 크기 아구몬 인형을 가리켰다.

"예쁜 인형도 있는데. 이게 마음에 들어?"

파충류를 본떠 만든 인형이라 귀엽거나 예쁜 인형이 아니었기 때문이었다. 하지만 아구몬 인형의 동그랗고 커다란 눈동자가 나를 위로해 주는 것 같았다.

"응. 이거 마음에 들어. 이거 사 줘."

나는 아구몬 인형을 들고 나서 떨어지지 않으려고 꼭 안았다. 그 모습을 보고 아빠는 잠시나마 웃으면서 대답해 주었다.

"알았다. 빨리 사고 엄마 보러 가자."

아구몬 인형을 한 손에 끌어안고 한 손은 아빠 손을 잡고 장난감을 사러 계산대로 걸어갔다. 이상했다. 엄마가 아파 나와 함께 있지 못한 것도 잠시나마 잊어버릴 수 있었다. 신비하게도 아구몬 인형이

날 지켜 주고 위로해 주는 것 같았다.

아구몬 인형을 사고 다시 할머니, 아빠, 오빠와 같이 차에 올라탔다. 자동차는 장난감 가게에서 벗어나 다시 엄마가 있는 병원으로 출발했다. 캄캄한 저녁이었고 내 곁에는 엄마가 없는 건 아까와 똑같은 상황이었다. 다만 아까와 다른 점은 아구몬 인형이 나에게 있느냐 없느냐였다. 하지만 울음도 안 나고 나에게 덮쳐 오는 두려움도 사라졌다.

아빠와 할머니는 울지 않는 내 모습을 보고 마음을 한결 놓으셨다. 오빠도 장난감 가게에서 조그마한 장난감을 사서 기분이 좋아 보였다. 엄마의 수술이 끝날 때까지 우리는 차 안에서 기다렸다.

아구몬을 껴안고,

"엄마는 괜찮을 거야. 곧 만날 수 있을 거야."

조용한 소리로 내뱉었다.

시간이 꽤 많이 흐르고 아빠와 할머니 그리고 오빠와 나는 자동차에서 내렸다.

"엄마 보러 가자."

아빠의 그 한마디가 날 병원으로 뛰어가게 했다. 아까 샀던 아구몬 인형을 꼭 쥐고 말이다. 그 옆에 있던 어린 오빠도 나와 함께 뛰어갔다. 아까 차 안에서 울지도 않고 조르지도 않던 오빠도 엄마가 보고 싶었던 것은 마찬가지였나 보다.

결국에는 어디로 가야 엄마를 볼 수 있는지 몰라 아빠 손을 잡고 갔던 건 뒤의 일이다. 아까와 같이 아구몬 인형을 한 손에 꼭 잡고 한 손에는 아빠 손을 잡고 엄마가 누워 있는 병실로 들어갔다.

엄마는 아직 누워 계셨지만 금방이라도 일어날 듯했다. 아마 수술이 잘 끝났기 때문인 것 같다. 아구몬 인형을 꼭 안고 엄마가 일어나길 기다렸다. 그러나 시간이 지나도 엄마는 일어나지 않았다. 그래서 아빠는 어린 나와 오빠를 재우기 위해 우리를 집으로 데려다 주었다.

아구몬 인형을 가지고 나서부터 나는 울거나 칭얼거리지 않았다. 왠지 모르겠지만 의젓하게, 집에 갈 때도 엄마와 떨어지지 않으려고 떼를 쓰지 않았다. 집에 돌아와 나와 오빠는 큰방에 들어가 잤다. 물론 잠이 쉬이 오지 않았다. 하지만 아구몬 인형을 꼭 껴안고 잠이 스스르 들었다.

그다음 날 아침 일찍 엄마를 보러 갔다. 엄마는 전과 같이 건강해 보이는 상태로 나를 반겨 주고 꼭 껴안아 주었다.

"엄마 없는 동안 잘 있었어?"

"응!"

나는 의젓하게 대답을 하고 한마디를 덧붙였다.

"아구몬 인형이 날 지켜 줬어!"

엄마는 그 말을 듣고 나서,

"그랬어?"

머리를 쓰다듬어 주었다.

지금은 아구몬 인형이 없지만, 초등학교 때까지만 해도 내 옆에서 날 지켜 주는 수호신이었다. 그래서인가 나에게는 버릇 하나가 생겼다. 항상 인형 하나를 꼭 두고 자는 것이다.

내 마음속 똥개

국제언어문화학부 주서현

지금으로부터 10년 전 초등학교 3학년 때 이야기이다. 우리 가족은 할아버지 할머니 엄마 아빠 나 그리고 똥개였다. 우리 식구는 보성 가기 전에 있는 작고 조용한 시골 마을에서 살았다. 부모님은 집과 멀리 떨어져 있는 곳에서 일하고, 할아버지 할머니는 과수원 일로 늘 바쁘셨기 때문에 나는 집에 혼자 있는 시간이 많았다. 그래서 그런지 혼자 노는 것에 익숙했고 똥개가 있어 외롭지 않았다.

우리 집 똥개는 내가 초등학교 입학 뒤부터 같이 살게 된 늙은 개다. 이름은 그야말로 똥개이고 수컷이다. 똥개는 정말 영리하고 애교 만점인 개다. 왜냐하면 마을 어르신들을 알아보기 때문이다. 마당에 들어올 때 마을 어르신이 아니면 짖고 맞으면 꼬리를 살살 흔들며 애교를 부린다. 다들 똥개는 집만 지키는 개라고 하지만 우리 집 개는 집도 지키면서 나를 웃게 해 주고 놀아 주는 착한 개다. 내가 심심해 할 때면 같이 마을을 돌아다녀 줬고, 내가 우울해 있을 때면 애교도 부리고 웃게 해 주고 힘이 되어 줬다.

하루도 빠짐없이 똥개랑 산책하고 마을회관에서 장난치면서 놀았다. 그런 모습을 보고 마을 어르신들은 나를 놀렸다.

"우리 아가, 똥개가 그리 좋나?"

나는 어르신들 말이 끝나기가 무섭게 큰소리로 대답했다.

"네! 우리 똥개가 제일 좋아요!"

나는 마을에 친구가 없어 똥개가 유일한 내 친구였고 똥개랑 하는 모든 것이 그냥 재미있고 즐거웠다. 무엇보다 내 얘기를 잘 들어줘서 똥개가 가장 좋았다.

어느 날부턴가 우리 집 똥개가 기운도 없고 밥도 안 먹고 짖어도 힘없이 짖었다. 간식도 먹지 않고 누워만 있는 똥개를 보자 너무 걱정이 되었다. 과수원에서 일하고 계시는 할아버지에게 달려가 물었다.

"할아버지, 우리 똥개 어디 아파?"

"똥개가 많이 늙어서 아파. 곧 하늘나라로 보내 줄 때가 된 거 같구나."

그 말을 듣고 마음이 저려 왔고, 집에 혼자 있는 나를 지켜 주고 놀아 줬던 똥개가 하늘로 간다는 생각을 하니 눈물이 나고 머릿속이 하얘졌다. 할아버지는 그런 나를 보고 안아 줬다.

"아가, 만남이 있으면 헤어짐도 있고 헤어짐이 있으면 만남도 있는 법인 거시여. 우리 똥개 좋은 곳으로 보내 주는 거니 너무 슬퍼 마라."

나는 눈물을 꾹꾹 참으며 앞으로 똥개한테 잘해 주고 아껴 주고 많이 사랑해 줘야겠다고 다심했다.

나는 그날 저녁부터 며칠 동안 똥개를 간호했다. 학교에서 수업할 때도 쉬는 시간 때도 내 머릿속은 오로지 똥개 생각뿐이었다. 학교 갔다 와서 제일 먼저 하는 일은 똥개가 잘 있나 확인하는 거였고, 자기 전까지 마당에 앉아 똥개 옆에서 놀다 물도 먹여 주고 다리도 주물러 주고 또 자기 전에는 우리 집 똥개 빨리 나아서 같이 뛰어놀게 해 달라고 기도했다. 그렇게 며칠이 흐르고 한 달이 흘렀다. 똥개는 더 기운이 없어졌고 밥을 거의 먹지 않았다. 그런 똥개를 볼 때마다 가슴 한구석에 구멍이 난 것 같았다.

그날도 나는 아침에 눈을 뜨자마자 눈곱도 안 떼고 마당으로 달려갔다. 마당에 할아버지와 아버지 그리고 아저씨 한 분이 계셨다. 가서 보니 앞에 우리 똥개가 눈을 감고 누워 있었고, 아빠는 자리를 피하셨다. 나는 설마 하는 마음에 "할아버지 뭐 해?" 물었다. 할아버지는 대답을 해 주지 않았다. 옆에 서 있던 아저씨가 "똥개가 너무 아파서 아저씨가 주사를 줬어. 지금 잠시 자고 있는 거야." 나는 주사가 안락주사인지 몰랐다. 똥개가 금방 괜찮아져서 같이 뛰어놀 수 있을 거라고 생각했다. 그런 생각으로 나는 "똥개야, 나 학교 갔다 올게. 기다리고 있어!" 눈을 감고 있는 똥개를 한번 안아 주고 나는 학교로 향했다.

학교를 마치고 나는 똥개랑 놀 생각에 신나서 뒤도 안 돌아보고 집으로 왔다. 집으로 오자마자 똥개를 찾았지만 똥개는 보이지 않았다. 마을을 싹 다 찾아봐도 똥개는 보이지 않았다. 나는 지나가는 어르신들을 붙잡고 물었다.

"우리 똥개 보신 적 있으세요?"

"못 봤는데. 왜 그냐 아가, 똥개가 없어졌냐?"

돌아오는 대답은 한결같았다.

때마침 할아버지가 과수원에서 일을 마치고 내려오셨다. 할아버지한테 달려가 물었다.

"할아버지, 똥개 어디 갔어? 똥개 어디 있어?"

할아버지는 대답해 주지 않았다. 나는 더 이상 물어보지 않았다. 할아버지 얼굴이 대답해 줬기 때문이다.

그날 아침 똥개를 안아 준 것이 똥개와의 마지막 인사였고, 그렇게 나는 3년 가까이 함께 산 내 친구를 떠나보냈다. 이것이 내 생애 첫 이별이었다. 이별이라는 것이 생각보다 마음이 많이 아팠고 말로 표현할 수 없을 정도로 기분이 이상했다.

그 뒤 나는 똥개 집을 볼 때마다 슬퍼하였고 할아버지는 그런 내 모습을 볼 때마다 나한테 한마디 하셨다.

"아가, 강아지 한 마리 키울까?"

그런 말을 들을 때면 나는 더 똥개 생각이 났다. 더 이상 개를 키우고 싶지 않았다. 사실 그 어떤 동물도 키우고 싶지 않았다. 나는 할아버지가 그렇게 물으실 때면 그냥 매번 웃어넘겼다. 항상 웃어넘기니 할아버지도 더 이상 물어보지 않았다.

내가 다른 동물을 키우고 싶지 않은 이유는, 언젠가는 이별을 해야 한다는 걸 깨달아 버렸고, 그 어떤 동물로 우리 똥개를 잊고 싶지 않았기 때문이다. 나한테 똥개만 한 개는 없었고 앞으로도 없을 것 같다. 똥개는 내 처음이자 마지막 개다.

지금 다 커서 생각해 봐도 똥개는 정말 고마운 존재이다. 항상 혼자였던 나를 지켜 주고 놀아 줬던 우리 똥개. 덕분에 개에 대한 좋은 추억이 생겼고, 이별이란 감정을 배웠다. 그래서 그런지 10년이 지나도 잊히지 않는다.

나는 그 말을 듣고 아무렇지 않게 밥을 먹었고,
아무렇지 않게 텔레비전을 보았다. 꿈만 같았고 꿈이길 바랐다.
나비가 내 곁을 떠났다는 현실이 쉽게 받아들여지지 않았다.
집 밖, 곳곳을 돌아다닐 때마다 울음이 나왔다.
다른 사람이 보면 이런 내가 이상하게 느껴질 수도 있지만
그만큼 나에게 그 녀석은 너무나도 큰 존재였다.

다섯

샛노란 바나나

그 일이 있고 난 뒤 내 기억에 외할머니는 얼마 안 돼서 돌아가셨고
그때 내 손에 쥐어졌던 샛노란 바나나를 나는 아직도 잊지 못한다.
외할머니가 돌아가신 이후
길을 가다 노란 바나나를 볼 때마다 외할머니 생각이 나서
한동안 바나나를 챙겨 먹지 않았다.

악마

사이버보안경찰학과 정민기

2008년 내가 초등학교 5학년일 때 지옥 같던 하루 이야기이다.

여름에서 가을로 넘어가는 환절기였다. 나른한 아침 좋지 못한 기분으로 잠에서 깼고, 시계를 보니 지각을 하지 않으려면 10분 안에 준비를 다 하고 학교를 가야만 했다. 밥 먹는 것만 해도 15분인데 무슨……. 엄마한테 한소리 들었다. 형과 장난을 치며 사이좋게 지각을 했다.

교실 뒷문을 조심히 열고 들어가 보니 지각생이 세 명 정도 교실 뒤에 서 있었다. 서로를 바보같이 여기며 다정하게 서 있던 지각생 네 명은 앉았다 일어나기를 했다. 난 20분을 지각해서 200개를 해야만 했다. 너무 힘들다. 다리가 아프다. 조심스럽게 열 개는 몰래 건너뛰었다.

수업을 잘 듣고 있었는데 몸 상태가 많이 나빠지기 시작했다. 다행이 5교시까지만 있는 날이었다. 빨리 집에 가서 자야겠다는 생각을 하고 있는데, 선생님이 숙제 검사를 시작하셨다. 아니 왜 하필 오늘일까, 난 왜 숙제를 안 했을까.

"숙제 안 한 사람은 뒤에 나가 앉았다 일어났다 150개만 하고 들어와라!"

선생님의 단 한마디가 너무 싫었다. 힘들어 죽겠는데 또 하라니, 정말 너무 싫었다. 이건 아니다 싶다.

"1, 2, 3, 4…… 150."

결국 다 했다. 죽을 것 같다. 정말로 몸이 너무 힘들어서 학교가 끝나자마자 집에 가 버렸다.

"엄마, 나 죽을 것 같어. 나 좀만 잘게요. 감기몸살 같아요."

눕자마자 잠들었다. 내가 자는 건지도 모르게 자고 있었다. 몸이 너무 무거웠다. 이상하게 자기 전보다 더 무겁다는 느낌을 받아 눈을 떠 보니 형이 내 위에 올라타서 누워 있었다. 뭐하자는 건지 생각하기도 싫었다.

"비켜!"

"왜 어디 아프냐?"

"어, 감기몸살 같아. 그니까 건드리지 말고, 괴롭히지 말고 저리 가!"

"그래? 알겠어."

여기서 의심을 했어야 했다. 아무리 아파서 머리가 안 굴러간다지만 좀만 더 생각했어야 했다. 어째서 형이, 그 형이 그냥 가버렸는지를.

30분인가 지난 것 같다. 형이 내 옆으로 오더니 말을 걸기 시작했다.

"민기야, 많이 아파? 몸살이면 온몸이 다 아프겠네?"

뭔 당연한 소리를 굳이 와서 하는 것인지 어이가 없었다.

"아, 그냥 가……."

진짜 힘들다는 목소리였다. 진심이 느껴지는 목소리였다. 적어도 난 그렇게 생각했다. 형은 아닌가 보다.

"싫은데?"

이 말을 하면서 동시에 나를 찌르기 시작했다. 이 사람은 이제부터 내 형이 아니다. 형이라 할 수 없는 존재가 되었다. 그냥 악마다.

"아, 진짜 하지 말고 꺼지라고."

짜증을 냈다.

"꺼지라고? 싫은데?"

오히려 더 심해져 버렸다.

"진짜 그만하고 저리 꺼지라고!"

경솔했다. 너무 생각 없었다. 상대는 형이었다. 하느님 똥침을 할 정도로 장난을 치는 사람이었다.

"짜증내면 뭐, 어쩔 건데. 움직이지도 못하면서 바보가."

진짜 못 움직였다. 안 움직인다. 미쳐 버리겠다. 괴롭힘이 더 심해졌다.

간지럼, 타격, 관절기, 계속 말 걸다가 대답 안 하면 대답할 때까지 옆구리를 찔러 대고, 귀에 대고 큰소리로 노래까지 불렀다. 이젠 사람이 아니라 악마로 보인다.

"아아! 하지 말라고!"

한 번 더 화를 냈다.

"싫은데?"

한 번 더 당했다.

"아니! 동생이 아프다는데 그렇게 괴롭히고 싶어?"

"당연하지!"

이게 아닌데, 내가 원한 거는 이게 아닌데……. 형은 내가 생각한 것보다 더 미친놈이었다. 너무 때리고 싶었다. 그런데 힘이 없다. 미치도록 패주고 싶은데, 미치도록 힘이 없다. 짜증나 죽겠다.

"진짜 형, 나 너무 힘들어. 내가 미안해. 이제 그만해……."

정말 간곡했다. 누가 봐도 불쌍했다. 그런데 형이 보기엔 모르겠다.

"아, 그래? 알겠어."

뭐지? 저 악마 같던 형이 드디어 내 말을 들어줬다. 너무 좋아서 바로 잠들었다. 좋은 꿈을 꿀 것만 같았다. 얼마나 지났을까. 이상한 느낌이 들었고, 옆에서 웃음소리가 들려왔다.

"뭐냐?"

"어? 아니야!"

너무 신나게 웃고 있어서 나는 더욱 의심이 가고 불안해졌다.

"아니, 뭐 했냐고?"

"어? 니 얼굴에 대고 방구 꼈는데?"

이건 진짜 형도 아니다. 사람도 아니다. 정말 때리고 싶다.

"아! 하지 말라고 이 개새끼야!"

욕했다. 도박이었다. 내가 죽거나 형이 포기하거나.

"그래……."

이 말, 믿을 수 없었다.

"진짜 제발 하지 마! 정말로 부탁할게!"

이때 구세주 엄마가 들어왔다. 엄마가 형한테 아픈 애 건들지 말고 나가라고 했다. 형이 침울한 표정으로 방을 나갔다. 이젠 진짜 끝났다.

이날 진짜 나는 악마를 보았다.

강하지만 약하고, 약하지만 강하고

항공서비스학과 김대현

나는 초등학교 1학년 때까지 할머니 할아버지와 살았다. 나는 할머니 할아버지를 무척 좋아했고 많이 따랐다. 그러던 어느 날 우리 집에 검은 옷을 입은 아저씨들이 찾아와서 빨간 스티커를 이곳저곳에 붙이기 시작했다. 내 침대, 가족끼리 앉아 웃으며 이야기하던 소파, 식탁까지 빨간 스티커를 붙였다. 다음 날 할아버지는 물병을 들고 비틀거리며 들어오셨다. 나는 처음으로 할아버지가 무서웠고 그렇게 우리네 가족은 할머니 할아버지와 따로 나와 살게 되었다.

아버지는 다니던 회사에서 나오셨고 사업을 시작하며 나는 부족한 것 없이 살고 있었다. 그러던 어느 날, 초등학교 6학년이 될 때 아버지와 어머니는 나와 형을 앉히고 말했다.

"아버지가 이제 돈 벌러 멀리 떠나야 해. 어머니는 외할머니가 아프셔서 공주에 가야 하고. 그래서 잠시만 떨어져 살아야 해."

나는 어리지만 알고 있었다.

'우리 집이 한 번 더 망했구나. 엄마도 돈 벌러 가는 거구나.'

그렇게 초등학교 6학년 때 다시 할머니 집에서 살게 되었고, 울지 않는 법을 배우기 시작했다.

할머니 댁에서 사는 건 생각보다 나쁘지 않았다. 필요한 건 고모나 할머니, 할아버지가 다 사줬고 내가 하고 싶은 건 다 하면서 살았다. 엄마가 보고 싶은 것 딱 하나 빼고. 목소리도 매일 들었고 사진도 매일 봤다. 하지만 울지 않았다. 아니 참았다. 약해 보이는 것 같았고 그걸 알면 엄마가 속상해 할 걸 알았기에 참았다. 아버지 소식도 궁금했지만 아버지에 대한 어려움과 미움이 있었기 때문에 전화도 안부도 묻지 않았다. 어렸을 때 나는 '이 모든 게 아빠 때문이야.' 이런 마음이 너무 크게 자리 잡고 있었기 때문이다.

그렇게 3년이란 시간이 지나 부모님은 다시 돌아올 때 어머니는 너무 늙어 있었고 아버지는 새까맣고 말라서 돌아왔다. 마음이 안 좋기는 했지만 묻지 않았고 어머니는 울면서 잘 지냈냐고, 보고 싶었다고 하면서 울었다. 그런 어머니를 형이 위로했고 아버지는 역시 말이 없었다. 아버지는 나에게 그런 존재였다. 언제나 무섭고 어렵고 강한 분이셨다. 그런데 다시 오신 아버지는 키도 많이 차이 나지 않았고 예전보다 강해 보이지도 무섭지도 않았지만 여전히 어려운 분이었다.

그렇게 우리는 원래 살던 동네로 다시 돌아갔다. 시간이 흘러 고등학생이 되었고 여전히 나에게 아버지는 어려웠다. 어머니가 모임을 나간 어느 날 아버지와 형과 셋이 밥을 먹게 되었다. 평소에 약주를 좋아하지 않는 아버지가 그날 소주 한 병을 드시며 형과 나에게 우리가 할머니 댁에 갔을 때 얘기를 해 주셨다. 그날 들은 아버지 이야기는 나에게 충격적이었다.

아버지는 우리를 할머니 댁에 보내고 돈이 없어 친구들에게 전화하고 전에 다니던 직장에 전화해서 일할 곳이 없는지 찾으셨고, 담배 살 돈이 없어서 공원에 버려진 꽁초를 주워 피우시고 라면 하나로 하루를 버티며 지냈다고 한다. 자존심 강하던 아버지가, 그런 아버지가 그렇게 지낸 것이다. 다행히 건설 쪽에 일하게 되면서 하루도 빠짐없이 새벽 5시에 일어나 일을 나갔고 3년이 지나 자리 잡고 우리를 다시 데려온 것이다. 그러면서 아버지 눈에는 파도가 차오르기 시작했고 동시에 미안하다고 하셨다. 형과 나에게 엄마에게 미안하다고 하셨다. 아버지가 눈물을 흘리시는 것도, 미안하다 하신 것도 처음이었다. 나에게 여전히 그날은 어제 일처럼 생생히 기억될 만큼 잊히지 않는 날이다.

살이 빠져 돌아오셨던 아버지는 겉으로 보기에는 약해 보이지만 약하지 않았다. 오히려 예전보다 강해 보였지만 어렵지도 무섭지도 않았다. 그날 이후 아버지는 나에게 둘도 없는 좋은 친구이고 내 인생의 멘토이고 언제나 나를 가장 잘 이해해 주는 내 편이며 내가 가장 사랑하는 사람이다. 여전히 아버지는 새벽 5시에 일을 나가시고 지금은 더 살기 좋아졌다. 나에게 아버지는 강하지만 약하고 약하지만 강한 분이다.

흑백사진 한 장

문헌정보학과 김미정

어려서부터 유독 나에게 잘해 주시는 외할아버지를 참 좋아하고 잘 따랐다. 하지만 외할아버지 댁은 강원도 철원, 내가 사는 곳에서 약 7시간을 차를 타고 가야 한다. 그래서 1년에 딱 한 번 외할아버지 생신날 가곤 했다.

멀미를 잘 견디지 못했던 철없는 어린 시절이었다. 유치원이나 초등학교 1학년 때쯤일 것이다. 멀미로 7시간을 골골대며 강원도 철원에 겨우 도착했고, 친척들이 모두 모여 생신 잔치를 잘 마무리했다. 나는 피곤했는지 외할아버지 옆에서 깊은 잠이 들었다. 그런데 주위가 갑자기 소란했고 반쯤 잠에서 깼다. 바닥이 축축하다고 느낀 순간, 순식간에 방 안에 물이 차오르기 시작했다. 나는 처음 겪는 일에 너무 무섭고, 어떻게 해야 할지 몰랐다. 우왕좌왕하는 동안 물은 내 키 높이까지 차오르기 시작했다. 그 물속에서 겨우 숨을 쉬며,

"할아버지……. 할아버지! 어딨어? 나 무서워!"

할아버지를 애타게 찾았다.

하지만 할아버지는 대답이 없었고, 무언가를 분주히 챙기시곤 나를 들어 올리셨다. 나는 할아버지가 옆에 있다는 안도감에 마음이 놓여 엉엉 소리 내어 울었다. 하지만 한편으로는 물이 차오를 때 곧바로 나를 챙기지 않은 할아버지가 밉기도 했다. 나는 높은 트럭으로 옮겨졌고, 엄마 품에서 울다가 잠이 들었다. 잠을 자다 깨서는 낯선 풍경에 겁을 먹었지만, 옆에서 나를 토닥이고 계시던 외할아버지를 보고 바로 안심이 되었다.

내가 깨어난 걸 아셨는지 외할아버지는,

"우리 강아지 일어났어?"

하고는 나를 무릎에 앉히셨다. 하지만 나는 입만 쭉 내밀고서 혼자 토라져 있었다. 그러자 할아버지는 사진 한 장을 나에게 내밀었다. 흑백사진 속에는 할아버지와 많이 닮은 아저씨 한 분과 아주머니 한 분이 나란히 앉아 계셨다. 할아버지가 아무 말씀이 없자,

"할아버지 아는 사람들이야?"

하고 물었다. 할아버지는 사진을 오랫동안 바라보다가 빙그레 웃으시며,

"할아버지 엄마 아빠야. 6·25 때 북에서 피난 가는 길에 가족들이 다 흩어지고 말았단다."

하셨다. 그 모습이 왠지 슬퍼 보여 할아버지 무릎에 가만히 앉아 다음 말을 기다렸다. 할아버지는 여전히 사진을 바라보며,

"할아버지 부모님을 볼 수 있는 단 한 장이란다. 할아버지한테 정말 중요한 거라……. 우리 강아지부터 챙기지 못해서 미안해."

하고선 내 머리를 쓰다듬으셨다. 어린 마음에도 슬프게 느껴지던 할아버지의 표정과 목소리에 마음이 금세 풀렸다.

"아냐, 할아버지. 그럼 할아버지 엄마와 아빠는 돌아가신 거야?"

하고 철없이 물었다.

"돌아가셨을 나이지……. 돌아가셨을 수도 있고, 살아계시면 북쪽에 계실 거야."

하고서는 내 손에 있던 사진을 소중히 품속에 넣으셨다.

나는 아직도 그날의 외할아버지 얼굴을 잊을 수 없다. 그 뒤 이산가족 찾기 신청을 해 알아보았지만 외할아버지 가족은 찾을 수 없었다고 들었다.

나는 점차 자라면서 외할아버지 생신날에도 잘 찾아뵙지도 않고 연락 한 번 드리지 않았다. 외할아버지가 나에게 터놓고 말씀하셨던 가족에 대한 이야기. 내가 좀 더 자라 6·25 전쟁에 대해 자세히 알고서 다시 이야기를 나누었다면, 할아버지에게 조금이라도 힘이 되었을지 모른다.

할아버지 일이지만 관심을 두지 못했다. 하지만 이산가족은 우리 할아버지만의 일이 아니다. 우리 외할아버지 말고도 많은 사람이 6·25를 통해 가족과 헤어지게 되었을 것이다. 하지만 지금 북쪽과 통일은 너무 멀어졌을 뿐더러 이산가족 상봉조차 중지되었다고 알고 있다. 하루빨리 그들의 아픔을 보듬어 줄 일이 생겼으면 좋겠다.

아버지의 뒷모습

유아교육학과 김민지

수능이 끝나고 얼마 지나지 않아 바로 겨울방학이 찾아왔다. 중학교부터 고등학교까지 수능시험만을 바라보면서 공부를 해 왔기 때문에 목표가 사라지자 무엇을 해야 할지 모르겠고 방학을 방 안에서 빈둥빈둥 누워 무의미하게 보내고 있었다. 갑자기 아버지가 문을 열고 들어와서 물었다.

"할 것도 없어 보이는데, 아빠 일하는 곳 따라가서 일하고 용돈이나 받아 가."

춥기도 하고 귀찮기도 하여 거절하려다가 아버지가 일하는 곳이 궁금하기도 하고 아르바이트처럼 용돈도 준다고 해서 얼씨구나 하면서 따라가기로 했다.

아침 일찍 일어나 졸린 눈을 비비며 아버지 차를 타고 일터로 향했다. 차를 타고 가는 동안 어색한 침묵을 깨기 위해 먼저 말을 걸었다. 나는 평상시 무뚝뚝한 아버지가 군대 이야기가 나오면 끝없이 이야기를 할 수 있다는 것을 알고 있었다. 그래서 궁금하지 않고 지루한 얘기이지만 신기하고 놀라운 척하며 쉴 틈 없이 리액션을 했다. 아침을 안 먹고 나와서 배고프다고 칭얼거렸더니 휴게소에 들렀다. 아버지와 나는 화장실도 가고 식당에 들어가서 간단하게 김밥 두 줄이랑 순두부찌개를 시켜 나누어 먹었다.

"아빠가 해 준 순두부찌개가 더 맛있는 것 같은데? 돈 주고 사 먹기 아깝다."

아버지는 웃으면서 집에 가서 해 준다고 약속하고 다시 차를 타고 출발했다.

어느 한 주택에 들어가서 어떤 아저씨와 철거를 어떻게 할 것인지 설명하고 기구를 차에서 꺼내와 준비를 했다. 기구를 쓰기 위해선 힘도 필요하고 기술이 있어야 했기에 나는 하지 못하고 지켜보다가 나오는 쓰레기를 줍고 장판 같은 것을 옮기는 일을 했다. 기구를 쓸 때마다 먼지가 나고 30킬로그램은 훌쩍 넘을 것 같은 짐을 힘들게 나르는 아버지를 보았는데 내가 생각했던 아버지가 아니었다.

내가 기억해 왔던 아버지는 항상 크고, 힘이 있고, 듬직하고 젊은 시절의 아버지였다. 그런데 지금 와서 보니 살도 많이 빠져 있고, 예전이라면 무거운 짐도 쑥쑥 가져 가셨는데 지금은 벅차신지 팔을 부들부들 떨면서 들고 갔다. 중학교에 올라가면서부터 아버지와 단둘이 마주할 시간도 적었기에 나이가 들어가던 아버지를 보지 못했던 것이다. 땀 흘려 가며 힘들게 벌어온 아버지의 마음도 모르고 지난 시간 노력 없이 받아 왔던 용돈과 책을 산다고 돈을 받아서 용돈으로 썼던 나 자신에 대해 반성하게 되었다.

점점 일이 마무리가 되어 가고 점심으로 짜장면을 시켰다. 제대로 된 의자에 앉지도 않고 돌이 가장 적게 있는 곳에 자리를 잡아 신문지 몇 장을 대충 깔고 짜장면을 먹었는데 얼마나 맛있는지 정말 꿀맛이었다. 아버지는 짜장면을 먹으면서 오늘 일한 것에 대해 웃으며 물었다.

"일을 직접 해 보니까 어때? 남의 돈 받는 게 쉬운 일이 아니지?"

갑자기 울컥해졌고 대답을 하면 눈물이 나올 것 같아서 고개를 끄덕이며 그릇만 보고 먹었다.

차 타고 집에 돌아오면서 너무 피곤해 자고 싶었지만 조수석에서 잠자는 것은 예의가 아니라고 생각해 아버지 젊었을 때 이야기도 듣고 바깥 풍경도 보았다. 점심에 약속했던 순두부찌개가 생각나서 동네 큰 마트에 들러 재료도 사고 간식도 많이 골랐다. 집에 도착해서 옷을 벗고 깨끗하게 샤워를 한 뒤에 아버지와 같이 요리하였다. 재료를 손질하면서 아버지는 오늘 일한 것에 대한 일당을 얼마나 받아야 만족할 것 같냐고 물어보았다. 그래서 오늘 일한 것은 경험해 본 것으로 생각하기로 했다고 하니 기특하다면서 2만 원을 주었다. 안 받으려고 하니 모든 일에는 보상이 있어야 보람이 있는 법이라며 손에 쥐어 주었다.

순두부찌개가 다 되고 가족 모두 오랜만에 앉아서 먹었다. 너무 맛있어서 엄지를 척 보여 주며 아까 아침에 먹었던 휴게소 음식보다 훨씬 맛있다고 하니 더 먹으라고 하며 밥을 더 퍼주었다. 배부른 상태로 방에 들어와 받았던 2만 원을 보니 쓰기 너무 아까울 것 같아 아버지 생신에 선물로 쓰자고 생각했다. 서랍에 그대로 두고 방 밖으로 나와 아버지가 좋아하는 고스톱 게임을 하자고 제안하여 저녁 내내 아버지와 시간을 함께 보냈다. 하루 종일 아버지와 같이 있으면서 앞으로는 시간이 있을 때마다 함께해야겠다고 다짐했다.

꼬끼오

건축공학과 김수형

언제인지 기억도 안 나는 어린 시절부터 나는 여러 동물을 키웠다. 동물을 좋아하기도 하지만 집이 주택이라 경험할 기회가 많았다. 애완으로 키우는 개와 고양이 말고도 가축 종류도 키웠다. 그러던 어느 날 아버지가 집 앞 밭 구석진 곳에 집 비슷한 장을 짓는 대공사를 하셨다.

아버지는 어딘가 하나에 꽂히면 열혈로 하신다. 며칠 동안 공사에 몰두하셨다. 그렇게 열혈인 아버지는 단점이 있다. 일을 벌이면 의욕은 넘치지만 항상 끝까지 하지 않는다. 어떤 일에 몰두하다가 쉽게 질려서 마무리를 안 하신다.

그 일도 얼마 못 가 아버지가 손을 떼셨다. 단순히 질려서 그런가? 무슨 일이 있어서 그런가? 너무 궁금하여 지나가는 듯이 물었다.

"아버지 밭에 짓는 거 이제 안 하세요?"

"이."

무성의하게 완성이라 대답하셨다. 내가 보기에 완성인지 모르겠지만 완성이라고 말하는 장을 보고 그런가 보다 하고 잊혀갔다. 그 후로도 아버지는 장에 손을 대지 않으셨다.

그렇게 몇 달이 지나고 잊히는 듯했던 밭 한쪽 장은 아버지가 병아리를 상자에 데려옴과 동시에 다시 존재감을 드러냈다. 어머니는 당연히 질색하셨다. 닭 사료 값과 쉽게 질려 하는 아버지가 닭을 돌보겠다 하는 걸 못 믿어 하셨다.

아침에 갓 낳은 달걀을 먹으면 건강해진다는 의견을 굽히지 않고 아버지는 꿋꿋이 닭을 키우겠다 하셨다. 어머니의 호통 뒤로 쓸쓸히 병아리와 함께 있던 아버지 모습이 생각난다.

병아리면 귀여워서 키우기 수월할 수도 있겠지만 솔직히 아버지가 데려온 병아리는 병아리 아닌 병아리였다. 나는 그 병아리 모습을 생생히 기억한다. 병아리도 아니고 닭도 아닌 그 모습은 너무 충격적이라 잊히지가 않는다. 내 머릿속에 '중간 닭은 징그럽다'는 생각을 박히게 했다. 이 닭 이후로 조류는 키우지 않겠다 다짐했다.

시간이 흘러 병아리는 점점 커지고 진정 어른스러운 닭이 되었다. 닭이 물 먹는 모습도 처음 보고, 동화책에서만 보고 상상만 하던 울음소리 '꼬끼오'도 처음 들었다. 아침에 닭장으로 달걀을 주우러 가고 좋은 경험을 많이 했다. 닭은 하루하루 커져 가고 나이도 들어 갔다. 탄생이 있으면 죽음도 있는 법. 닭은 우리 가족을 위해 하나둘씩 사라져 갔다. 특별한 날이라든지 복날에 말이다.

그런 날 닭을 잡는 건 아버지가 도맡아 하셨다. 아버지가 닭을 잡으러 닭장에 간다고 하면 나는 항상 뒤를 따랐다. 오빠와 나는 닭장 밖에서 아버지가 들어가면 나머지 닭이 밖으로 나오지 못하게 재빨리 문을 닫는 문지기 노릇을 했다. 그리고 밖에서 쪼그려 앉아 닭 잡는 것을 구경했다.

되도록 달걀을 낳지 않는 수컷을 잡아야 하는데 수컷은 드세서 잡기 힘들다. 꾀 민첩하고 날갯짓이 장난이 아니라 어렵게 잡고 놓치기를 반복해서 잡으면 닭 울음소리가 집에 울려 퍼진다. 아침에 듣던 '꼬끼오'와는 다른 서글픈 울음소리다. 미안한 마음도 들었지만 미안함보단 식욕이 더 컸다.

나는 일부러라도 닭이 죽는 모습은 안 보려 했다. 그러다가 어떤 날에 보았다. 두 날개를 왼손으로 잡고, 오른손으로는 목을 비틀어 기절을 시킨다. 그 다음에 칼등으로 머리를 내리친다. 아버지가 털 뽑는 게 힘들어 보였다. 손질하는 사람도 닭도 힘들고 불쌍해 보였다.

마트에서 파는 닭에는 머리가 없는데 집에서 잡은 닭은 머리가 있다. 닭을 키우고 난 뒤 제사상에 올라오는 닭백숙은 머리를 뒤로 젖힌 채 고귀하게 앉아 있는 자세를 하고 있다. 그 모습은 달리 표현할 수 없다. 털 없이 눈을 감고 있는 닭 얼굴과 벼슬을 보면 닭장에서 놀고 있는, 깃털이 풍성한 녀석들과 비교된다. 내 팔에 있는 잔털이 빳빳하게 선다. 하지만 나는 이런 일을 경험하고도 닭은 잘 먹는다.

나와는 다르게 닭 못 먹는 친구가 생각난다. 어느 명절날 할머니 집에 간 친구 이야기다. 그 친구 할머니와 삼촌들은 명절이라 가족들과 먹으려고 닭을 잡았다. 할머니가 닭을 잡고 목숨을 끊기 위해 모가지부터 댕강 잘랐는데 그 닭이 머리가 잘린 채로 도망 다닌 장면을 본 뒤 닭을 안 먹는다고 했다. 닭과 관련된 비슷한 경험을 했지만 나는 닭을 잘 먹고 그 친구는 닭을 못 먹는다.

비슷한 경험을 해도 사람은 저마다 다르니까 다양한 반응이 나온다. 나는 이런데 저 녀석은 저런다고 이상해 하고 이해 못할 게 아니다. 다양성을 존중해 줘야 한다. 그래서 급식으로 닭 요리가 나오는 날이면 친구 몫은 항상 내 배 속으로 들어왔다.

식구

문예창작과 김유남

집이 흔들렸다.

지진은 확실히 아니었다. 애니메이션이 틀어져 있는 텔레비전, 선반 위 도자기, 장식용 바이올린이 흔들리지 않는 것을 봐서 집이 흔들렸다는 것은 내 착각이었다. 하지만 난 분명히 느꼈다. 머리가 핑 하고 돌면서 집도 같이 몇 바퀴 회전한 것을 말이다. 그 상황은 내가 엄마한테 어떤 말을 들은 직후에 일어났다. 아빠가 회사에서 해고를 당했다는 말을 들은 뒤 말이다.

그 말을 들은 직후 5초간 가만히 멍한 상태를 지켰다. 멍 때리기 대회에 나가면 우승할 수도 있을 집중력이었다. 멍이 끝나고 찾아온 것은 당혹감과 혼란이었다. 고1이었던 그때 내가 집안일이나 경제에 대해 상세하게는 알지 못했지만 아빠가 회사에서 해고를 당하면 우리가 어떤 삶을 살아갈지, 내가 무엇을 포기하고 무엇을 할 수 있는지 대충 알고 있었기 때문이다.

나는 방금 전까지 재미있게 보고 있던 애니메이션에 다시 눈을 돌렸다. 애니메이션의 인물과 동물은 나와 다르게 아직도 자기들끼리 재밌는지 신나게 뛰어 놀고 있었다. 나는 방금 전까지만 해도 인물의 그런 행동에 같이 신이 나 있었다. 그러나 지금은 저들이 무슨 행동을 하는지 도저히 이해 가지 않는다. 날 놀리는 건지, 괜히 심술이 났다.

늦은 밤, 집에 돌아온 아빠 표정은 좋지 않았다. 엄마는 아빠를 보려고 하지 않았다. 해고를 당한 게 아빠 잘못이 아닐 텐데, 엄마는 아빠를 용서하지 않으려는 듯 보였다. 그날 우리 가족 사이에 대화라고는 없었다. 침묵을 지켰다. 나는 그 침묵을 견디지 못해 방 안으로 들어갔다. 괜히 하지도 않던 공부를 하려고 책을 펼쳤다. 종이 위 글자가 보이지 않았다. 글자가 사라지고 그림이 보이는 거 같았다. 내 암울한 앞날이 펼쳐지는 듯 그림은 어둡고 음산하기 짝이 없었다. 나는 애초에 공부할 생각이 없었기 때문에 그냥 책이 보여 주는 그림을 보고 있었다.

시간이 좀 더 지나자 부모님 방에서 시끄러운 소리가 났다. 말다툼하는 소리였다. 서로 이해하면서 대화하기엔 아빠의 해고는 너무 커다란 일이었다. 나도 그것은 이해가 가지만 내가 있는 집에서 굳이 저렇게 행동해야 할까. 아빠의 해고와 마찬가지로 부모님의 싸움은 나에게 커다란 문제였다. 나는 사실 그 나이에 아빠의 해고 사실보다 그거 때문에 일어날 가족의 불화가 무서웠는지도 모른다. 다른 가족보다 화목한 우리 집이었는데 고작 아빠의 해고 사실 하나 때문에 그것이 무너진다는 게 견딜 수 없을 거 같았다.

인간은 예상하지 못한 일에 크게 당황해 하는 동물이라 미래의 일에 미리 대비하지 않으면 안 된다. 하지만 이번 일은 예상이고 뭐고 점술가도 알지 못할 일이었다. 우리 가족은 대비하지 않은 해일에 저 멀리 휩쓸려가는 듯했다. 해일 속에서 서로 붙잡아 주고 그래야 되는데 우리는 더욱 멀어져 갔다. 나는 그 상황이 너무 싫었다. 가족이 그렇게 가벼운 울타리에 지나지 않았나? 힘들수록 기댈 수 있고 의지할 수 있는 게 가족이라고 배웠는데 현실에서는 그게 아니었다. 나는 그날 이후 부모님이 싸울 때면 울 나이가 아닌데도 울었다.

다행히 부모님이 이혼까지 가지는 않았고, 무엇이 당신들의 마음을 바꿨는지 모르지만 우리 집 사정은 차츰 나아졌다. 지금은 다른 가정처럼 돈을 벌고 살아가지만 그 과정에서 얼마나 힘들었는지 모른다. 아빠의 다른 실수로 모든 것이 날아갈 뻔했지만 내가 생각하지도 못한 가족의 협동으로 그 위기를 이겨 내고 지금은 안정적으로 살아가는 중이다.

위기는 무엇일까? 견뎌 내면 화합이 더욱 돈독해지고 견뎌 내지 못하면 흙으로 쌓은 성처럼 곧바로 무너져 버리게 하는 것일까? 우리 가족은 위기를 견뎌 내서 전보다 더욱 돈독해졌지만 그러지 못했다면 나는 지금 아빠 또는 엄마랑 따로 떨어져 살고 있을 것이다. 위기는 곧 기회라 하지만 그것은 가혹한 말이 아닐 수 없다. 정말 어쩔 수 없는 상황에서는 위기를 기회로 바꾸기 위해 애를 써야 하겠지만 위기를 스스로 만들어 내는 것은 정말 어리석은 행동이라 생각한다. 물론 그런 행동을 할 사람은 많이 없겠지만 말이다.

아무튼 나는 어린 나이에 가족에게 찾아온 위기를 겪고 견뎠다. 가족이 아니라 친구들 사이에서 그런 상황을 겪었다면 어떻게 됐을까.

이 정도로 좋아질 거라고는 생각이 들지 않는다. 가족과 친구의 의미가 다른 것처럼 회복되는 정도도 다르지 않을까. 한때는 혼란스러웠지만 지금 생각해 보면 이 정도로 좋아진 것은 가족의 힘 때문이 아닐까.

아버지와 나

○○○○○○ ○○○

이 일은 지금까지도 생생하게 기억나고 나를 괴롭히는 일이다. 이 일을 겪었을 때 나는 중학교에 다니고 있었다. 나는 주변에서 착하다, 부모님에게 잘할 것 같다고 들어왔지만 이 시절에는 사춘기를 심하게 겪고 있었다. 그때 나는 부모님 마음속을 많이 고생시켰는데 특히 아버지에게 큰 실수를 했다. 시간이 지나도 내 머릿속에서 아버지의 상처 입은 얼굴이 지워지지 않는다.

이 일을 말하기 전에 우선 몇 가지 알아야 할 것이 있다. 먼저 아버지가 무슨 일을 하시는지에 대한 것이다. 아버지는 다방 같은 곳에 커피나 각종 물품을 파신다. 그래서 우리 집 차는 엄청 눈에 띄었다. 연한 노란색에 어두운 빨강색이었고, 차 한쪽에는 식품 로고가 있었다. 아주 어렸을 때는 그 차에 아무런 느낌도 들지 않았다. 하지만 나는 나이가 들고 사춘기가 오면서 아버지 차가 매우 부끄러워지기 시작했다.

또 하나 알아야 할 건 내가 다녔던 중학교와 나에 대한 것이다. 나는 중학교를 다닐 때 학교에 가기 싫어 일부러 늦게 준비하고 아버지에게 태워 달라고 한 적이 많았다. 우리 집은 학교에서 걸어서 10분 정도 떨어진 곳에 있었다. 그리고 중학교에서 얼마 떨어지지 않는 곳에 횡단보도가 있었다. 그렇기 때문에 횡단보도에서 신호가 바뀌면 학생들이 우르르 몰려오는 편이었다. 나는 그들이 많이 지나갈 때 아버지 차에서 내리는 것을 싫어했다. 아버지 차가 부끄럽고 거기서 내리는 것도 부끄럽기 때문이다. 나는 신호가 바뀌기 전에 재빨리 내리거나 바뀐 뒤 학생들이 몰려올 때 일부러 차에서 내리지 않고 기다려서 그들이 다 지나간 뒤에 차에서 내렸다.

그런 일을 되풀이하던 어느 날, 평소처럼 늦어 아버지 차를 타고 학교에 도착했다. 운도 안 좋게 학생들이 우르르 지나갈 때였다. 나는 창밖으로 그들이 어서 빨리 지나가길 바라며 차 안에서 기다리는데 아버지가 내게 물었다.

"왜, 안 내려. 아빠 차가……, 부끄러워?"

나는 이 말을 듣고 엄청 당황했다. 아버지에게 숨겼던 내 속마음을 딱 들키고 말아서 정신이 없었다. 난 애써 안 그런 척, 아니라고 대답하고 곧바로 차에서 내렸다. 사람이 많을 때 아무런 신경도 안 쓰고 내린 것이다. 그런 적은 처음이었다.

그 뒤 학교에서 수업 내내 여러 생각을 했다. 내가 왜 그랬을까, 자책도 해 보고. 나는 정말 태연하게 아니라고 하고 내렸던가. 생각해 보다가 정신없이 차에서 내리던 것을 다시 떠올렸다. 아버지가 주저하면서 약간 떨리는 목소리로 말했던 것이 생각났다.

'아버지는 아무렇지 않게, 덤덤하게 말하려 했구나.'

'아버지는 벌써 내 마음을 알고 있었구나.'

'내가 지금까지 티를 많이 냈구나.'

'그럼 아버지는 어떤 마음으로 나한테 물었던 걸까?'

마지막 생각에 울컥했다.

내가 감히 상상할 수 없을 기분일 것이다. 나는 마음이 너무 아팠고 눈물이 났다. 그날만큼 집에 가기 싫었던 적이 없다. 아버지 얼굴을 볼 자신이 없었다. 집에 가서 어떤 얼굴로 아버지를 봐야 할지 모르겠다.

'집에서 또 그것에 대해 물으면 난 어떻게 대답해야 좋을까.'

여러 가지 고민을 안고 집에 도착했다. 그런데 고민한 것이 허무해지게 아버지는 평소와 같이 나를 반겨 주셨다. 많이 고맙고 미안해서 그날 밤 나는 남몰래 많이 울고, 후회하고, 앞으로 그러지 않겠다고 다짐을 했다.

그로부터 많은 시간이 지났지만 여전히 그날 일만 떠올리면 마음이 아프고 눈에 습기가 찬다. 이제 와 생각해 보면 이 일 덕분에 난 아버지에게 잘하자고 마음먹게 되면서, 짜증을 내고 화를 내는 일이 적어졌다. 그리고 부모님에게 더욱 적극으로 애정 표현을 하게 된 계기가 되었다. 이 일은 비록 아버지에게 큰 상처를 준 일이지만, 내게는 부모님에게 잘하자는 마음을 다지게 해 주었다.

할머니의 당부

유아교육과 전 이다감

이제껏 가족들 외에는 누구에게도 말하지 않았고, 또 하기도 싫었던 이야기를 이 기회에 한번 해 보려 한다. 내가 지금부터 할 얘기는 믿기는 조금 힘든 우리 할머니에 대한 이야기이다.

할머니는 내가 태어났을 때 우렁찬 울음소리를 듣고 분명 사내아이가 틀림없다고 엄청 좋아하셨다가 내가 여자아이임을 알고 무척이나 실망한 티를 내셨다고 한다. 그래서 명절에 친척들이 모두 모여 놀 때도 나에게는 눈길 한 번 주지 않았다고 한다. 그런데도 나는 늘 할머니 뒤만 졸졸졸 따라다녔다고 한다. 친척들이 “엄마가 좋아, 아빠가 좋아?” 하고 물어봐도 늘 내 대답은 “할머니가 좋아!” 하고 말하기 일쑤였다고 한다.

내가 다섯 살 때 쌍둥이 남동생이 태어났다. 예쁘고 귀여운 데다가 쌍둥이라는 메리트까지 있는 동생들은 어딜 가나 늘 예쁨 받았다. 어렸을 때인데도 그런 시선과 차별을 느낄 수 있었고 점점 동생들과 함께 누군가를 만나는 건 너무나도 싫은 일이 되어 버렸다. 그런데 이상하게도 동생이 태어나고 나서부터는 할머니가 나를 무척이나 예뻐하셨다. 예전 같았으면 걸리적거리니까 저리 가라고 하셨을 텐데 같이 놀이터도 가 주고 밥 먹을 때도 내 밥그릇 위에만 반찬을 올려 주셨다. 갑자기 잘해 주는 할머니가 나는 마냥 더 좋았다.

내가 초등학교 2학년 때쯤부터 할머니가 많이 편찮으시기 시작했다. 병원도 꼬박꼬박 잘 다니고 약도 잘 챙겨 드셨지만 할머니는 좀처럼 나아질 기미가 보이지 않았다. 그러고는 결국 통원 치료가 더 이상 어렵다는 의사의 진단에 할머니는 입원을 하셨다. 어느 날 할머니가 직접 집으로 전화해서 나보고 병문안을 오라고 하셨다. 엄마와 함께 병실에 들어갔지만 할머니는 엄마보고 잠시 나가 있으라고 했다.

"우리 다감이 할머니 말 꼭 잘 듣고 잊어버리면 안 된다."

하시며 할머니는 이야기를 시작하셨다. 동생이 태어나기 전 할머니가 꿈을 꾸었는데 품에 곰과 호랑이 새끼를 안고 자장가를 불러 주고 계셨다고 한다. 그런데 어디선가 '찍찍' 소리가 들리기 시작하더니 저 멀리서 수많은 쥐들이 달려들었단다. 할머니는 아직 어린 곰과 호랑이를 안고 어쩔 줄 몰라 두리번두리번 거리는데 내가 어디선가 큰 고양이를 데려와서는 "내 동생 괴롭히지 마!" 하며 쥐에게 덤벼들더니 쥐를 다 쫓아냈다는 것이다.

너무 놀라 잠에서 깬 할머니는 아빠에게 전화를 했고, 아빠는 엄마를 데리고 산부인과에 가고 있었다고 한다. 의사는 아이와 산모가 위험할 뻔했지만 위기를 잘 넘겼다고 했고 내 동생들이 태어난 것이다. 할머니는 동생들이 무사히 태어난 것이 모두 내 덕이라고 생각해 더 이상 날 미워하지 않으셨던 것이다.

그 뒤 어느 날 또 다른 꿈을 꾸셨다고 한다. 나랑 손잡고 길을 걷고 계셨는데 또 어디선가 쥐떼가 달려들기 시작했고 예전 꿈에서 보았던 고양이가 다시 나타나 쥐들과 싸우다가 그 자리에서 죽었다는 것이다. 할머니는 이제 널 지켜 주던 고양이가 숨을 거뒀으니 내가 스스로 조심해야 한다고 하셨다. 늘 쥐를 조심하라고 그렇게 몇 번 더 틈날 때마다 당부를 하시던 할머니는 결국 초등학교 3학년 여름방학 때 돌아가셨다. 그러고는 아무 탈 없이 하루하루가 흘렀고, 나는 어느 새 할머니 말씀을 까맣게 잊어버리고 지내고 있었다.

그러던 어느 날, 여름방학에 서울에 있는 친척집에서 한 달간 지내기로 했는데 친척집은 2층과 반지하로 된 주택 집이었다. 수영학원을 갔다가 집에 돌아오는 길에 버스정류장에서 버스를 기다리는데 내 앞에 웬 쥐 한 마리가 쓱 지나갔다. 너무 놀라 소리를 질렀지만 대수롭지 않게 생각하고 버스에 탔다. 친척집에 도착해 벨을 누르려는데 대문 옆에 고양이가 죽어 있었다. 문득 할머니가 해 주신 말이 떠올라 버스 타기 전 봤던 쥐까지 생각이 나서 괜히 더 꺼림칙하고 신경이 쓰였다.

그날 저녁 머릿속에 그 쥐와 고양이만 떠올라서 잠을 못 이루고 있다가 새벽 한두 시가 훌쩍 넘어서야 잠이 들었는데 꿈속에 할머니가 나타나서 "쥐를 조심하라고 하지 않았느냐!" 하고 호통 치시는 바람에 놀라서 잠에서 깼다. 그 순간, 밖에서 사람들이 소리치는 소리가 들렸다. "불이야, 불이야!" 하는 소리에 옆에 자고 있던 이모와 이모부, 사촌 동생들을 깨우고 집에서 나와 사람들이 깔아 준 이불 위로

2층에서 뛰어 내렸다. 마지막으로 이모부가 뛰어 내리자마자 반지하 앞에 세워 둔 가스가 폭발했다. 조금만 더 늦었더라면 어떻게 됐을지는 상상도 하기 싫다. 나중에 알고 보니 고등학생 양아치 몇이 새벽에 돌아다니다가 반지하에 살고 있는 할아버지 할머니가 모아 둔 폐지에 장난으로 불을 붙인 것이었다. 할머니가 그때 꿈에서 깨워 주지 않았다면, 쥐를 조심하라고 당부하지 않으셨다면 난 지금 이렇게 잘 지내고 있지 못했을 수도 있다.

나조차도 믿기 힘든 이 이야기는 굳이 다른 사람들에게 말해 봐야 믿지도 않겠거니와 할머니 얘기를 함부로 말하고 다니고 싶지도 않아서 가족들 외에는 누구에게도 말하지 않았던 이야기이다. 지금도 가끔 그때 일이 생각나면 늘 할머니를 떠올리며 감사 인사를 드리곤 한다. 그리고 지금도 난 항상 쥐를 조심한다.

샛노란 바나나

사이버보안경찰학과 정서원

몇 살 때인지 정확히 기억이 나지 않지만, 유치원 다닐 때 있었던 일이다.

외할머니는 유독 손자손녀 중에서 나와 동생을 예뻐하셨다. 그래서인지 엄마가 우리를 혼낼 때마다 외할머니가 가장 먼저 생각나곤 한다.

외할머니 집은 엄청 시골이었는데 둘레에 논밭밖에 없고 포장되지 않은 도로를 차를 타고 나가야만 슈퍼를 갈 수 있는 곳이다. 여느 때와 같이 아빠는 출장을 가면 항상 엄마랑 나랑 동생을 외할머니 댁에 데려다 주고 출장을 가셨다. 어릴 적 나는 바나나를 좋아했고 그날따라 바나나가 너무 먹고 싶었다. 하지만 바나나를 사러 가려면 마을 버스 정류장까지 걸어가 버스를 타고 가야 사 먹을 수 있었다. 엄마는 아빠가 출장 갔다 돌아오면 바나나를 사러 가자고 달랬지만 어린 마음에 바나나를 사 주지 않는 엄마가 밉기만 했다. 결국 바나나를 잊어버린 채 잠이 들었다.

그런데 다음 날 아침 외할머니가 바나나를 꺼내 주셨다. 알고 보니 외할머니가 아침 일찍 택시를 타고 슈퍼에 가서 바나나를 사 오신 것이다. 외할머니 집에서 택시를 타고 슈퍼까지 요금은 바나나 값보다 훨씬 비쌌다.

그 일이 있고 난 뒤 내 기억에 외할머니는 얼마 안 돼서 돌아가셨고 그때 내 손에 쥐어졌던 샛노란 바나나를 나는 아직도 잊지 못한다. 외할머니가 돌아가신 이후 길을 가다 노란 바나나를 볼 때마다 외할머니 생각이 나서 한동안 바나나를 챙겨 먹지 않았다. 지금 생각해 보면 왜 그때 그렇게 좋아하던 바나나를 안 먹었을까, 하는 생각이 든다. 아마 바나나를 볼 때마다 외할머니 생각이 나니까 안 먹었던 것 같다. 지금은 외할머니 얼굴도 흐릿할 만큼 시간이 엄청 지났지만, 아직도 난 바나나를 보면 외할머니의 흐릿한 얼굴이 선명해지는 기분이다.

여섯

할아버지와 나비

정말로 그날 이모가 할아버지를 살렸던 것은 아닐까.
그리고 이모가 부디 그곳에서 편하고 행복하셨으면 좋겠다.
시간이 지나도 잊어버리지 않을,
신기하고도 슬픈 할아버지의 꿈 얘기이다.

어느 봄날의 따뜻한 손

한국어교육학과 박주연

5월이 되면, 고등학교 1학년 때 만난 친구 수정이 생각이 많이 난다. 수정이는 내게 친해지고 싶다며 먼저 다가온 적극적인 친구였다. 나보다 작은 체구에 어떤 말을 해 줘도 잘 웃어 주던 밝은 친구였고, 성격도 야무져서 미용사 꿈을 이루기 위해 학교가 끝나면 늘 미용학원으로 갔다. 그러던 어느 날 매점에서 수다를 떨며 깔깔대던 우리에게 미용사 자격증을 땄으니 나와 친구들 머리를 해 주겠다고 했다. 나는 그런 수정이가 참 멋져 보였다.

5월 13일, 그날은 고등학교 들어가 처음 맞는 체육대회 날이었다. 아침부터 모든 학생들이 체육대회로 들떠 있었고 응원 연습으로 소란스러웠다. 나와 수정이는 그날 이상하게도 다른 친구들이랑 있지 않고 계속 둘이 붙어 다녔다. 오전 프로그램이 뭐였는지 지금은 기억나지 않는다. 그저 따뜻한 봄 날씨에 설레어 교정 돌담을 타고 노랗게 핀 개나리를 배경으로 셀카를 찍고 놀았던 기억이 있다.

오전 프로그램이 끝난 뒤 둘이서 점심 급식을 먹고 아이스크림을 하나씩 사 먹자며 매점을 향해 운동장을 가로질러 갔다. 우리는 운동장을 손을 잡고 걸었다.

"니 손은 왜 이렇게 말랑말랑해?"

"나도 몰라."

수정이 손은 내 손보다 작고 정말 보드랍고 따뜻했다.

"야, 이따 이어달리기해야 되는디 너무 떨려서 못할 거 같아."

오후에 우리 반 대표로 이어달리기에 나가게 되어 있었다. 수정이는 너무 떨려서 심장이 터질 것 같다고 했다. 달리기를 잘하지 못한다며 걱정을 많이 했다. 대표로 나가게 된 건 수정이 의지와는 상관없이 추천으로 뽑혀 버렸기 때문이다. 하지만 곧 매점에서 초코맛 쭈쭈바를 먹으며 수다를 떨다가 그런 불안함도 금세 잊어버렸다.

점심을 먹고 나니 날씨가 꽤 더워졌고 부채질을 하면서 스탠드 석으로 가 앉았다. 바로 1학년부터 이어달리기를 시작하게 돼서 수정이는 달리기 위해 준비를 했다.

"나 너무 떨려. 이 신발 좀 가지고 있어 줘."

긴장을 가라앉히려고 심호흡을 하다가 신발을 벗고 뛰겠다며 내게 분홍색 운동화를 맡겨 두고 운동장으로 내려갔다. 그때 유행하던 브랜드 폴로 신발인데, 산 지 얼마 안 된 예쁜 운동화였다. 우리 반 아이들의 응원을 받으며 계단으로 내려가는 수정이의 묶은 머리가 통통 튀었다. 탕, 하는 출발을 알리는 소리와 함께 우리는 목이 터져라 응원했다.

"수정아! 한수정! 뛰어!"

그런데 반 바퀴쯤 돌던 수정이가 발에 뭐가 걸린 것처럼 앞으로 퍽 하고 넘어졌다. 그때까지만 해도 우리는 이 기집애가 달리다 넘어졌다 하며 웃었다. 나도 이따 민망해하며 들어올 수정이를 생각하며 웃었는데 바로 일어나 몇 발자국 뛰지 못하고 앞으로 또 한 번 고꾸라지듯이 넘어졌다. 수정이는 다시 일어나질 못했다. 그제야 뭔가 이상함을 느꼈다. 아무도 웃는 사람이 없었다. 응원 소리로 시끄럽던 운동장이 웅성거리기 시작했다. 왜 일어나지 못하는지 모르겠지만 누군가는 응급조치를 했어야 했다. 그런데 아무도 하지 않았고 선생님들은 학생들을 가까이 오지 못하게 했다. 담임 선생님과 양호 선생님은 운동장 한쪽 나무 그늘 밑으로 수정이를 옮겼다.

멀리서 지켜보면서 나는 심장이 뛰기 시작했다. 무슨 이유인지는 모르겠지만 불안했다. 수정이 신발은 아직 나에게 있었다. 선생님들은 수정이에게 연신 부채질을 해 댔지만 수정이는 움직이질 않았다. 얼굴과 입술이 파래지더니 의식을 잃은 것 같았다. 곧 구급차가 학교로 들어왔고, 담임 선생님과 수정이는 구급차를 타고 멀어져 갔다.

체육대회는 그 다음 종목으로 넘어가지 않고 끝났다. 학교 분위기는 썰렁해졌고, 우리는 반으로 모두 들어갔다. 반장은 우리가 기다리다 집으로 갈 때까지도 수정이가 일어났다는 연락을 받지 못했다고 했다. 나는 집에 가는 길에 개나리 앞에서 수정이랑 찍은 사진을 봤다. 그래도 내일 아침엔 웃으면서 볼 수 있겠지 했다.

하지만 다음 날에도 나는 여전히 수정이를 사진으로만 봐야 했다. 핸드폰 사진이 아니라 장례식장 영정 사진으로. 학생증 사진이 예쁘게 나왔다고 좋아했는데 그 사진이 영정 사진이 되어 있었다. 중국에 일하러 가신 아버지가 한국으로 들어오기도 전에 수정이는 그날 새벽 허무하게 떠나 버렸다. 갑자기 치러진 장례식은 어수선했고 수정이 어머니가 통곡하는 소리에 다들 아무 말도 하지 못했다. 나는 눈물조차도 나오지 않았고 멍하니 사진만 봤다.

참 이상하다.

1년 전에 만났던 남자 친구도 잘 생각이 안 나는데 그날 손을 잡고 운동장을 걸었던 장면, 잡았던 수정이 손의 촉감까지 마치 어제 일처럼 11년이 지난 지금도 너무나 생생하다. 도무지 잊히지 않는다.

수정이가 그날 그렇게 되지 않았더라면 아직까지 우리는 연락하며 친하게 지냈을까, 하고 생각해 본다. 나는 나이를 먹어 가는데 수정이는 여전히 밝은 모습의 열일곱 여고생이다.

살면서 문득 내 곁에서 날 응원하며 지켜 주는 것 같은 느낌이 든다. 사실 나는 오랜 시간이 지난 지금도 그 일이 믿겨지지 않는다. 언제나 일상 속에서 함께했던 사람이 너무 갑작스럽게 떠나가는 건 지금도 받아들이기 힘들다.

꿈속에서 다시 만난 딸

관광경영학과 박가희

그날은 비가 부슬부슬 내리던 여름이었다. 할머니 댁에 놀러 와 있던 오빠, 언니와 저는 각자 할 일을 하고 있었고, 할아버지와 할머니는 낮잠을 주무시고 계셨다. 할머니 집에는 잔잔한 빗소리만이 가득했다.

시간이 조금 지나 빗소리만 들리던 잔잔함 속에 "현숙아! 현숙아!" 하는 소리가 아주 조그맣게 들렸다. 그 소리에 놀라 거실로 나갔다. 할머니와 할아버지는 잘 주무시고 계셨다. 밖에서 난 소리라고 생각하고는 다시 방으로 들어간 지 얼마 되지 않아 다시 "현숙아! 현숙아!" 하는 소리가 좀 더 명확하게 들려 한 번 더 거실로 나갔다. 할아버지는 눈을 뜨지 않은 채 꿈이라도 꾸는 듯 눈물을 흘리며 애타게 "현숙아, 현숙아!" 하면서 이모 이름을 크게 부르고 계셨다.

그 소리에 할머니는 잠에서 깨고 할아버지를 흔들어 깨우셨다. 할아버지는 손을 앞으로 뻗으며 깨셨다. 깨어나신 뒤에도 눈물을 멈추지 못하며 "현숙아……" 하는 말만 되새겼다. 할머니 오빠 언니 저까지도 모두 눈시울이 붉어져 있었다.

할아버지가 조금 진정이 되자 할머니는 물을 건네며 물었다.

"갑자기 왜 부르지도 않던 딸 이름을 그리 애타게 불러?"

이내 할아버지는 한숨을 쉬며 낮은 목소리로 대답했다.

"현숙이가 날 살린 거 같네."

이렇게 말씀하시며 꿈 얘기를 시작하셨다.

온 주위가 잿빛인 갯벌에서 할아버지는 하염없이 계속 끝이 없는 갯벌을 걷고 계셨다. 혼이 빠진 사람처럼 멍하게 걷기만 하다가 정신을 차려 다시 돌아가려고 했을 즈음 어느 순간부터는 발이 조금씩 빠지고 있는 걸 느꼈다. 그걸 느끼고 뒤를 돌아봤을 때는 이미 깜깜할 만큼 멀리 와 버린 상태였다. 안개가 많이 껴 보이지 않는, 왔던 길을 다시 달려가던 중 장화가 갯벌에 빠져 나오지 않았고, 그 장화를 빼려고 하다 보니 시간이 흘러서 안개는 더 자욱해지고 있었다. 그렇게 힘이 빠지면서 포기하려고 할 때 어디선가 한 여자의 목소리가 아주 작게 들려왔다. 소리가 난 쪽을 바라보니 할아버지 둘째 딸이자 젊은 나이에 돌아가신 우리 이모가 서 계셨다. 이모는 할아버지에게 이리 오라고 손짓하며 애타게 "아빠, 아빠!" 외쳤고 그 모습을 보고 할아버지는 "현숙아, 현숙아." 이모 이름을 부르며, 빠지지 않는 장화를 벗고 맨발로 이모에게 뛰어갔다. 가도 가도 이모는 가까워지지 않았고, 할아버지가 눈물을 흘리며 뛰어가고 있는데, 갑자기 이모가 살짝 웃으며 "아빠, 지금 말고 다음에 만나요. 지금은 오시지 말고 나중에 만

나요." 했다. 그런데 그 말을 하던 이모의 눈이 슬퍼 보였다고 한다. 그렇게 이모는 점점 할아버지가 있는 곳과 반대로 갔고 그것을 바라보던 할아버지는 뒤따라가려 했지만 이모가 안갯속으로 사라져 버렸다고 한다. 사라진 이모를 부르면서 눈물을 흘리고 있는데 할머니가 깨우셨다고 한다.

이 얘기를 듣고 할머니는 눈물을 흘리며 답답한 듯 가슴을 치셨다. 말로 하지 않아도 먼저 떠난 딸을 그리워하는 부모님의 마음이 전해졌다. 이모가 불의의 사고로 21살 젊은 나이에 갑작스레 떠나지만 않았더라면, 할머니가 아무도 모르게 이모 사진을 보며 울고, 할아버지가 추운 겨울마다 바다를 슬프게 보지 않으실 것이다. 꽤 오래전에 들은 할아버지 꿈 얘기지만 요즘도 안개가 자욱한 날이면 가끔 떠오르는 이야기이다.

정말로 그날 이모가 할아버지를 살렸던 것은 아닐까. 그리고 이모가 부디 그곳에서 편하고 행복하셨으면 좋겠다. 시간이 지나도 잊어버리지 않을, 신기하고도 슬픈 할아버지의 꿈 얘기이다.

외숙모

관광경영학과 김가은

이 일은 중학교 1학년 때 이야기이다. 외숙모는 삼촌과 9년을 만나고 결혼을 했다. 아이가 둘이 생기고 잘살고 있을 때쯤, 외숙모에게 안 좋은 일이 생겼다. 위암 판정을 받았다. 다행히도 초기여서 수술을 하고 난 뒤 완쾌 과정까지 마치고 평화롭게 살고 있었다. 그러던 어느 날 학교가 끝나고 집에 돌아왔는데, 엄마가 "외숙모가 재발을 했단다." 했다. 그래도 저번처럼 수술하면 낫겠지, 하고 생각했다. 하지만 이미 전이가 심하게 된 상태였다.

그 정도로 심각하다고 생각하지 않았는데 크나큰 충격이었다. 최소 6개월에서 최대 1년이라 했다. 우리 가족에게는 일어나지 않을 것 같았던 일이 생긴 것이다. 가장 먼저 생각이 든 건 삼촌과 아이들이었다. 어떻게 이 상황을 받아들여야 할지 아무런 생각도 나지 않았다. 전혀 생각하지도 못했던 일이었기 때문에 엄마도 저도 우리 가족 모두 상황을 믿지 않은 채 외숙모 집으로 찾아갔다. 집에 들어갔을 때 할머니만 우리를 반겼다. 외숙모는 어디 있냐고 물어보자 방에서 주무신다고 했다. 엄마가 몰래 방문을 열고 외숙모를 보았는데 누워 있는 모습과 머리가 다 빠진 외숙모를 보며 마음 아파했다. 외숙모가 잠에서 깨어나 나를 보고 "외숙모 머리 다 빠져서 못생겼지?" 했다. 나는 아니다, 이쁘다, 이렇게 말할 수밖에 없었다.

그렇게 외숙모를 보고 난 뒤 며칠 뒤 외숙모가 입원을 하게 되었다. 이미 상태는 더 심각해져 있었다. 병원에 찾아가 보니 외숙모는 뼈밖에 남아 있지 않았다. 항상 밝고 웃기 잘하던 외숙모가 누워 있었다. 마음이 많이 아팠다. 가족들이 다 안아 보고 마지막으로 "가은아, 외숙모한테 가 봐." 하는 할머니 말에 외숙모에게 가 안겼다. 나는 외숙모에게 안기자마자 눈물이 났다. 울지 말라고 토닥여 주는 외숙모를 보니 눈물이 날 수밖에 없었다. 그렇게 외숙모를 보고 온 이틀 뒤, 새벽에 엄마가 나를 깨웠다. "가은아, 외숙모 하늘나라 가셨대. 언능 옷 입어." 이 말을 듣는데 아무 생각도 나지 않았다. 물론 믿기지도 않았다.

일단 황급히 택시를 타고 광주 집에 갔다. 갔더니 할머니가 아이들을 안고 울고 계셨다. 이제 여섯 살이 된 아이에게는 얼마나 충격이었겠나 싶다. 아이들을 보니 마음이 너무 아팠다. 할머니가 장남 준빈에게 "준빈아, 이제 니가 동생도 돌보고 해야 해. 엄마가 너무 많이 아파서 오랫동안 못 봐." 하셨다. 이 애들을 어떻게 할지, 하는 할머니의 걱정이 엄청 컸던 것 같다. 그렇게 삼촌을 기다리다 우리는 외숙모 장례식장에 갔다. 우리 할머니는 믿기지 않은 듯 외숙모 사진을 보며 울고 계셨고, 삼촌은 사람들이 오면 인사를 하느라 서 있었다. 나는 친척들 아이들을 맡아보았다. 정말 믿기지가 않았다. 왜 이렇게 착한 사람을 데려갈 수가 있냐고 하면서 할머니가 우셨다.

외숙모를 볼 수 있는 시간이 있었다. 아이들을 데려가려 하지 않았지만, 마지막으로 보여 줘야지 하면서 데리고 갔다. 나오는 사람 모두 울면서 나왔다. 나는 아이들을 보느라 가지 못했다. 둘째가 여자아이인데 울면서 엄마 엄마 하면서 나왔다. 그 어린 나이에 얼마나 슬플까. 그 모습을 보니 마음이 너무 아팠다.

발인하는 날이 되었다. 나는 아이들 때문에 가지 못하고 광주 집에서 아이들을 데리고 있었다. 마지막으로 고인이 살았던 곳을 돈다고 집에 오셨는데, 외숙모 사진을 들고 있는 것을 보고 이게 진짜 먼가 하는 생각이 들었다. "외숙모!" 하면 나올 것 같은데, 외숙모가 없다는 것이 믿기지가 않았다.

외숙모 마지막 가는 길을 함께하고 외숙모 방을 둘러봤다. 외숙모 핸드폰이 그대로 있었다. 외숙모 폰을 봤더니 거기엔 삼촌과 외숙모의 문자, 외숙모가 돌아가시고 나서 삼촌이 보낸 메시지가 있었다. 삼촌이 티를 안 냈지 엄청 많이 힘들어 했구나 하는 것을 느꼈다. 그런 문자를 보니 괜히 마음이 아파졌다. 그렇게 힘들던 날이 지나고 외숙모 납골당에 간 적이 있다. 좁은 곳에 있는 것을 보니 얼마나 답답할까, 하는 생각과 외숙모가 하늘나라에 갔다고 믿은 적이 없는데 거기 가서야 진짜로 깨달았다. 가족들이 항상 얘기하길 우리 외할아버지가 외숙모가 너무 좋아서 빨리 데려갔단 말을 많이 한다. 그걸 들어보면 맞는 말인 거 같다. 할아버지가 살아생전에 외숙모를 엄청 좋아하셨다. 그래서 같이 하늘나라에서 우리를 보고 있다고 생각하고 있다.

나는 아직도 외숙모가 생일 선물로 주신 통장을 가지고 있다. 거기에는 외숙모가 편지를 써 놓았고 하루에 만 원씩 넣어 주셨다. 그 통장은 다 썼지만 아직도 보관하고 있다. 지금 삼촌은 다른 사람을 만나 살고 있다. 솔직히 우리 외숙모만 한 사람은 없다고 생각하지만, 아이들을 위하고 삼촌에게 잘하니 고마울 따름이다. 아이들도 지금 외숙모에게 엄마라고 할 만큼 많이 좋아졌다. 하지만 마음속엔 외숙모가 있었으면 좋겠다. 나는 여기서 잘하고 있을 테니 위에서 잘 지켜보고 있었으면 좋겠다. 걱정하는 것보다 잘하고 있으니 걱정하지 말라고 말하고 싶다. 할아버지랑 외숙모랑 나중에 내가 가면 반겨 주었으면 좋겠다. 나는 6년이 지난 지금까지도 외숙모가 내 최고의 외숙모이며, 항상 가슴속에 있고, 보고 싶다.

마르지 않는 눈물

유아교육과 김하영

1학기 기말고사가 끝난 뒤 여름방학이 찾아왔다. 방학이 시작되고 며칠 동안 나는 온종일 놀다가 새벽에 자고 다음 날 오후에 일어나는 생활을 반복했다. 한심하게 방학을 보내던 중 나에게 큰 임무가 맡겨졌다. 그것은 바로 할아버지 병간호를 하는 것.

그 무렵 할아버지는 대장암 때문에 화순 전대병원에 입원해 계셨는데, 가족들 모두 직업이 있다 보니 평일 낮에 병원에 있어 줄 사람이 없었다. 그래서 시간이 남아도는 내가 할아버지 병간호를 맡게 된 것이다. 사실 방학 동안 집에서 놀고 싶었지만 병간호하는 대가로 방학이 끝나면 노트북을 사 주겠다는 이모의 말에 넘어가고 말았다. 그렇게 나는 아침마다 화순으로 가는 버스에 몸을 싣게 되었다.

처음 며칠간 할아버지는 아직 괜찮아 보였다. 내가 병실에 들어가면 내 손을 꼭 잡고 "우리 하영이 왔느냐?" 하셨고 병원에서 나온 할아버지 몫의 두유를 안 드시고 놔뒀다가 나 먹으라며 손에 쥐어 주기도 하셨다. 그때는 딱히 내가 할 일이 없었다. 하는 거라곤 할아버지가 화장실 가실 때 잠깐 부축해 드리는 것과 식사를 도와드리는 게 다였다. 나머지 시간에는 병실 한쪽에 놓인 소파에 누워 잠을 자거나 TV를 봤다. 집에 있는 거나 다름없었다. 나는 놀면서 노트북을 받는다는 생각에 들떠 있었다.

그러나 날이 갈수록 할아버지는 야위어 갔다. 처음엔 걷지를 못하시다가 나중에는 화장실에 가는 것도 벅차서 기저귀를 차게 되었다. 그리고 자꾸 배가 아프다고 하셨다. 나에게는 한없이 다정하셨던 할아버지가 짜증도 여러 번 냈다. 그럴 땐 나도 모르게 울컥했다. 힘들어서 그만두고 싶다는 생각도 여러 번 했지만 내가 없으면 화장실도 갈 수 없는 할아버지를 버릴 수가 없었다. 점점 할아버지는 깨어 있는 것보다 잠들어 있는 시간이 많아졌다. 어른들 말에 따르면 할아버지는 이제 암이 퍼져서 수술조차 할 수 없는 상황이라고 했다. 할아버지가 주무실 때는 나도 소파에서 잠을 잤는데 할아버지가 돌아가시는 꿈을 자주 꿨다. 그럴 때마다 소스라치게 놀라며 일어나서 할아버지가 숨을 쉬는지 확인하곤 했다.

방학이 한 달 정도 남았을 무렵 할아버지가 녹색 물을 토하셨다. 놀라서 담당 간호사를 호출했는데 담즙을 토하는 거라고 했다. 이제 더는 진통제가 듣지 않을 거라는 말도 덧붙였다. 토하느라 고개를 숙인 할아버지 머리가 눈에 들어왔다. 그 많던 머리카락이 얼마 남지 않았다. 내가 머리숱이 많은 건 나를 닮아서라며 내 머리를 쓰다듬어 주시던 할아버지 모습이 토하는 할아버지와 겹쳐 보여 가슴이 먹먹했다.

저녁에 병실로 찾아온 가족들에게 할아버지가 담즙을 토하셨다고 말해 주었다. 가족들은 어쩌면 할아버지를 호스피스 병동으로 옮겨야 할지도 모르겠다고 했다. '호스피스 병동이라면 죽음을 앞둔 환자들이 가는 곳인데, 그럼 할아버지가 곧 돌아가신다는 말일까?' 나는 그때까지도 할아버지가 돌아가신다는 상상을 전혀 할 수가 없었다. 미련하게도 설마 돌아가시겠어, 하는 마음이었다.

그 다음 날은 일요일이어서 병원에 가지 않고 집에 있었다. 가족들 모두 어딜 나간 것인지 일어나니 집에 나 혼자였다. 여유롭게 밥을 먹고 TV를 보는데 휴대전화가 울렸다. 아빠였다. 전화를 받는데 뭔가 느낌이 이상했다. 아빠 목소리가 마치 우는 것처럼 떨리고 있었다. 아빠는 떨리는 목소리로 내게 '할아버지가 돌아가셨다'고 했다. 그 순간 시간이 멈춘 것 같았다. 뭔가 내 머리를 세게 때린 느낌이었다. 너무 놀라서 눈물도 안 났다. 엄마는 병원으로 오지 말고 장례식장으로 오라고 했다. 장례식장에 가기 위해 옷을 챙겨 입고 집을 나설 때까지만 해도 실감이 나질 않았다. 그러나 장례식장으로 들어가서 눈이 붉어진 채로 울고 있는 가족들을 보는 순간 다리에 힘이 풀려 그대로 주저앉았다.

정말로 할아버지가 돌아가셨다. 내일은 내가 병원에 가는 날이었는데……. 이 생각에 갑자기 주체할 수 없이 눈물이 났다. 할아버지는 가족들이 다 있는 자리에서 갑자기 잠들 듯 돌아가셨다고 한다. 그래서 할아버지와 마지막으로 인사도 못했다며 이모는 서럽게 울었다. 할머니는 내 어깨를 토닥이면서 "하영이 네가 할아버지 간호도 하고 그랬는데, 내 새끼 짠해서 어쩌니……." 하셨다. 그 말을 들으며 꺽꺽

대며 울었다. 아침마다 병원에 가기 귀찮아했던 게 너무나 죄송스러웠다. 마지막으로 본 힘없던 할아버지 모습이 자꾸 생각나서 눈물이 멈추질 않았다. 검은 상복을 입으면서도 정신이 어디론가 빠져 버린 것 같았다. 화려한 꽃장식 사이에 놓인 할아버지 영정 사진이 낯설게 느껴졌다. 어제까지만 해도 살아계셨는데 오늘은 할아버지를 영정 사진으로 마주해야 한다는 사실이 너무나 슬펐다. 나는 새벽이 다 되도록 할아버지 영정 사진 앞을 떠나지 못했다.

이튿날 할아버지 발인이 있었다. 이제는 눈을 뜰 수 없는, 할아버지 창백한 얼굴을 보며 가족들 모두 눈물을 쏟았다. 나는 할아버지 손을 잡아 보고 울었다. 할아버지가 이 세상 사람이 아닌 것을 나에게 각인이라도 시켜 주듯 손이 너무나 차가웠기 때문이다. 할아버지가 관에 들어가시는 것을 더 지켜볼 수가 없어 도망치듯 그곳을 빠져나왔다. 밖으로 나와 벽에 기대 앉아 울었다.

장례식 마지막 날 할아버지를 화장하고 봉안당에 모셨다. 그 작은 항아리 안에 할아버지가 있다는 생각에 기분이 이상했다. 봉안당을 빠져나오는데 마음 한구석에서 뭔가 빠져 버린 것 같은 느낌이 들었다. 할아버지가 건강하실 때 더 자주 찾아뵙지 못한 것이 후회되었다. 내 손을 잡던 주름진 손과 내 이름을 부르시던 다정한 목소리가 자꾸만 생각나서 봉안당을 나와 집에 오는 내내 눈물을 참았다. 내 생애 가장 많이 울었던 그날을 나는 절대로 잊지 못할 것이다.

소나무 같은 분

관광경영학과 나이솔

이 이야기는 2010년 내가 중학교 1학년 때 이야기이다.

외할머니가 일찍 돌아가셔서 나주에서 혼자 지내고 계시던 외할아버지가 몸이 불편해 화순 전남대병원에 입원하셨다. 할아버지가 그곳에 입원한 지 얼마 지나지 않아 몸 상태가 급격히 나빠졌다. 할아버지 병명은 담도암이었다. 결국 광주로 내려와 요한병원 호스피스병동(암 환자들만 입원하는 곳)으로 입원하게 됐다. 그 뒤 친척들이나 부모님하고는 대화를 많이 나누었겠지만 할아버지 성격이 평소에 수다스럽고 활발한 성격이 아니었기 때문에 나는 할아버지와 대화를 많이 나누지 않았고 딱히 할 말도 없었다. 그렇게 야속하게도 시간은 흐르고 흘러 할아버지의 상태는 점점 더 악화되었고 물도 마실 수 없는 지경까지 이르게 되었다. 상황이 이렇다 보니 내 생일은 잊혀 친척과 가족 그 누구에게도 축하받지 못했고 그 시절 난 철없이 할아버지만을 원망했다. 할아버지는 그렇게 힘든 상황을 버티지 못하고 눈 오는 겨울

날 눈을 감으셨고 난 할아버지의 임종도 지켜보지 못한 채 그렇게 할아버지 소식을 학교에서 들을 수밖에 없었다.

할아버지 장례식 날 나는 할아버지와 나눴던 대화도 추억도 딱히 없어 옛날 생각이 나거나 슬프진 않았다. 다만 할아버지가 돌아가셨다는 게 실감이 안 나고 힘들어하시는 엄마 모습을 보니 너무 마음이 아팠다. 시험 때문에 장례식에도 제대로 발을 붙이지 못했고 그렇게 나는 한 것도 없이 허무하게 장례식은 끝났다.

그로부터 얼마 지나지 않아 평소와 똑같은 일상을 보내고 있었다. 그러던 중 꿈 하나를 꾸었다. 늘 보던 우리 집이 보였고 난 계단에 걸터앉아 누군가를 기다리고 있었다. 그 누군가는 바로 할아버지였다. 할아버지는 아주 건강하지만 조금은 뿌연 모습으로 평소 타고 다니던 자전거를 타고 우리 집 쪽으로 오셨다. 불편하고 어색해 하던 할아버지였는데 꿈에서 본 할아버지는 정말로 편안하고 따뜻한 느낌이었다. 할아버지는 "여기가 너네 집이구나……." 하셨고 집 둘레를 조금 둘러보시고는 아무 말 없이 다시 자전거를 타고 가셨다. 아무것도 아닐 수 있겠지만 할아버지의 그 말 한마디와 모습이 할아버지와 그동안 쌓아 두지 못한 추억과 부정적으로 바라봤던 시선을 보듬어 주는 듯 너무나 따뜻하고 나를 위로해 주는 말 같았다.

나는 꿈에서 깬 뒤 이게 무슨 꿈일까 싶어 엄마에게 그대로 말씀드렸고 엄마는 한참을 울고 나서야 입을 떼었다.

"할아버지는 한 번도 우리 집을 온 적이 없는데 우리 집을 오고 싶으셨나 보다."

그렇게 엄마와 나는 할아버지가 나온 꿈 이야기를 시작으로 할아버지 옛날이야기나 다른 이야기를 하며 슬프고도 쓸쓸하지만 어쩐지 따뜻하고 포근한 밤을 보냈다.

이 이야기가 그렇게 감동적이지도 특별하지도 않은 아주 평범하고도 소소한 이야기 같지만 나에게는 평생 잊을 수 없는 사건이자 꿈이고 그 꿈 하나로 지금까지도 할아버지를 추억하고 잊지 않는 계기가 됐다. 할아버지가 돌아가시고 난 뒤 할아버지가 하신 선행이나 그 동안의 일, 사건을 내가 오해했다는 것을 알게 되었고, '그때 왜 할아버지를 더 알지 못했을까.' '내가 너무 할아버지를 몰랐던 건 아닐까.' 하는 생각이 들면서 후회도 된다.

나는 이렇게 생각한다.

할아버지는 화려하지만 가시가 있는 장미꽃이 아닌 든든한 버팀목 같이 곧게 뻗은 소나무 같은 분이 아니었을까.

세상에서 가장 슬픈 날

유아교육과 정다해

저는 전라남도 해남 시골 마을 송지에서 자랐습니다. 시골이라 중학교도 읍내로 나가지 않는 한 같은 중학교를 다니게 됩니다. 시골은 도시와는 달리 버스 배차 간격이 짧지 않습니다. 그래서 버스를 놓치게 되면 사십 분 이상 기다려야 합니다. 또 중학교 뒤에 고등학교도 붙어 있어 비슷하게 끝나는 시간이면 많은 학생이 버스를 타려고 기다리기 때문에 학교 앞 버스정류장은 항상 사람이 많습니다.

중학교 3학년 어느 가을날이었습니다. 학교를 마치고 여동생과 함께 집에 가려고 버스를 기다리고 있었습니다. 차 시간이 많이 남아 여동생, 친구들과 가게에서 군것질을 하며 버스를 기다렸습니다. 한 아이가 가게로 들어와 “버스 온다!” 소리치자 모든 아이들이 버스를 타려고 달려 나갔습니다. 친구들과 동생 그리고 저도 정류장으로 달려갔습니다. 버스가 멈추자 너도나도 버스로 달려들었습니다. 그날따라 그 많은 사람들 속을 비집고 들어가기 싫었습니다. 동생도 같은 마음인지 사람들을 보고만 있었습니다.

"우리 그냥 기다렸다가 다음 차 탈까?"

제 물음에 동생은 "걸어갈래?" 했습니다. 우리는 가게에서 과자를 하나씩 사고 걸어가기로 했습니다. 학교에서 집까지 걸어가려면 한 시간 이상은 걸어가야 했습니다. 우리는 천천히 걷기 시작했습니다. 매일 보는 동생이라 딱히 할 말도 없어 서로 말 없이 걸었습니다. 시간이 흐르는지도 모르고 걷다 보니 어느 새 우리가 내릴 버스 정류장이 나왔습니다.

"생각보다 일찍 온 것 같지?"

동생이 말을 걸어 왔습니다.

"얼른 집에 가자. 엄마 아빠 기다리겠다."

동생과 저는 서둘러 걷기 시작했습니다. 마을 입구로 들어서자 벽에 무언가가 붙어 있었습니다.

"언니 뭐라고 써 있어?"

동생의 말에 벽으로 다가갔습니다.

"몰라. 한자로 써 있어."

"뭔가 무섭지 않아?"

동생의 말을 끝으로 우리는 말이 없었습니다. 실은 저도 무서웠습니다. 누군가가 돌아가셨을 때 붙어 있던 것을 몇 번 본 적이 있기 때문입니다. 동생과 저는 무서워 서로 손을 꼭 잡고 걸었습니다. 그때 마을 아저씨와 아주머니가 오토바이를 타고 가시다 우리 앞에 멈춰 섰습니다.

"얼른 너희 큰집으로 가 봐라. 아빠 엄마 거기 계실 거다."

우리에게 이유를 물어볼 시간도 주지 않고 다시 출발하셨습니다.

"큰집 갈 거야?"

동생이 물었습니다. 왠지 모르게 그냥 집에 가고 싶었습니다. 무슨 일이 있을 것 같은 불안함이 생겼습니다.

"집으로 갈래? 엄마 아빠는 이따가 오시겠지?"

동생과 저는 손을 잡고 걸어가기 시작했습니다. 우리 마을은 큰집 바로 옆 마을로 15분 정도를 더 걸어가야 했습니다. 날도 어두워지고 무서워서 노래도 불러 보고 동생과 장난도 쳐 보았지만 불안함이 사라지지 않았습니다. 우리 동네로 가다 보면 큰집을 볼 수 있습니다. 동생과 걷다가 큰집을 보고 우리는 그 자리에서 멈춰 섰습니다. 갑자기 동생이 무섭다며 울음을 터트렸습니다. 우리 큰집에는 사람들이 돌아가셨을 때 걸어 놓는 깃발과 등이 화려하게 빛나고 있었습니다. 그 안에는 바쁘게 움직이는 엄마도 보였습니다. 검은 옷을 입고 흰 머리핀을 하고 있는 엄마, 엄마 모습을 보자마자 눈물이 났습니다.

누가 돌아가셨는지 알 수 있었습니다. 최근에 몸이 편찮으시던 할아버지……. 우리는 천천히 큰집으로 걷기 시작했습니다. 큰집에 다다르자 우는 목소리와 사람들 말소리가 들렸습니다. 우릴 보고 엄마가 다가오셨습니다. 얼마나 울었는지 얼굴이 퉁퉁 부어 있고 기운 없어 보였습니다.

"안으로 들어가 인사부터 드리자."

엄마를 따라 들어간 곳엔 친척들과 언니가 앉아 있었습니다. 우리는 약속이라도 한 듯 아무 말 없이 눈인사만 나누었습니다. 사진 속에는 며칠 전에 보았던 할아버지가 웃음 지으며 우리를 맞이해 주셨고 우리는 할아버지께 절을 올렸습니다. 금방이라도 "내 새끼들 학교 갔다 왔냐? 할애비가 과자 꼼쳐 놨다." 하며 말을 걸어올 것만 같았습니다.

저녁밥을 먹지 않은 우리에게 엄마가 상을 차려 주고 자리를 뜨셨습니다. 우리는 그 밥상 앞에서 한참을 울었습니다. 시간이 지나고 멀리서 할아버지를 찾아오신 손님들이 점점 많아지고 우리는 자리를 비켜 드렸습니다. 보이지 않던 아빠와 엄마를 찾기 위해 큰집을 돌아다니다 불 꺼진 부엌에서 쭈그려 앉아 울고 계신 엄마를 발견했습니다.

다가가지 못했습니다.

살면서 엄마가 그렇게 우는 모습은 처음이었기에 어떻게 위로를 해줘야 할지 몰랐습니다. 뒤에서 지켜만 보다 자리를 떴습니다. 나 때문에 눈물을 참지 말라고, 울고 싶은 만큼 펑펑 울라고. 그렇게 밖으로 나가 아빠를 찾기 시작했습니다. 어디에도 보이지 않는 아빠. 걱정이 되었습니다. 한참을 찾다 집 뒤편 보일러실 앞에 앉아 계신 아빠를 발견하고는 다가갔습니다.

"여기서 뭐 해?"

저의 물음에 아빠는 그냥 담배만 피우셨습니다. 저도 그냥 아무 말 없이 아빠 옆에 앉았습니다. 담배가 다 타고 아빠가 물었습니다.

"할아버지 보고 왔어?"

"응. 인사했어."

한동안 정적이 흐르고 아빠는 들어가자며 일어났습니다. 뒷모습이 쓸쓸하다는 말을 처음 느껴 보았습니다. 나에게 아빠가 있듯이 아빠에게도 아빠가 있는데, 막상 우리 아빠가 돌아가시면 난 어떨까. 이런 생각을 하자마자 눈물이 펑펑 쏟아졌습니다. 내 울음소리에 아빠는 뒤를 돌아보시고 다가와 꽉 안아 주었습니다. 담배 냄새가 아빠를 뒤덮고 있어도 그 안에서 아빠의 냄새를 맡을 수 있었습니다. 울지 말라며 머리를 쓰다듬어 주시던 아빠. 위로를 받는 순간 더 서럽게 울어 버렸습니다. 위로 받을 사람은 내가 아니라 아빠이기에. 어떻게 어른들을 위로해 줘야 하는지 알 수 없기에 그냥 아빠를 꼭 안고 펑펑 울기만 했습니다. 울지 말라던 아빠도 소리 내어 울기 시작했습니다. 어떡하냐고, 마지막을 못 봤다고, 조금만 빨리 갔어도 볼 수 있었을 거라고, 우릴 기다렸을 거라고, 미안해서 어떡하냐고……. 혼잣말을 하시며 흐느끼시는 아빠 목소리가 세상에서 가장 슬펐습니다. 시간이 어떻게 흐르는지도 모른 채 삼일 동안 큰집과 집을 돌아다니며 지냈습니다. 마지막 날 하늘에서 비가 내렸습니다. 옆에 앉아 계시던 엄마가 "할머니가 하늘에서 우시나 봐." 했습니다.

마을 사람들이 할아버지 관을 들기 시작하자 친척들은 세상이 떠나갈듯 울기 시작했습니다. 그제야 실감이 났습니다. 이제 다신 할아버지를 보지 못하는 거구나. 정말 돌아가신 거구나. 할아버지 관이 마당을 한 바퀴 돌고 대문을 나서자 우리도 뒤따라 걸었습니다. 큰집에서 산까지는 이십 분이면 갈 수 있는 거리입니다. 산을 오르는 도중 비는 더 내리기 시작하고 엄마는 겉옷을 벗어 관 위에 덮어 주었습니다. 비 맞지 말라고. 아빠는 사람들에게 돈을 주며 더 줄 테니까 제발 천천히 좀 가 달라고, 뭐가 그리 급하냐며 마지막 가는 길이라도 편히 모시자며, 흔들거리지 말아 달라며 울며 매달렸습니다.

너무 마음이 아팠습니다. 어떤 말로도 표현할 수 없이 그냥 슬펐습니다. 할아버지를 산소에 모시는 순간도 아빠는 제발 천천히 해 달라며 매달렸습니다. 비가 개고 사람들은 다 내려가고 할아버지 유품을 태우기 위해 친척들만 남았습니다. 누구 하나 먼저 움직이지 않았습니다. 멍하니 그냥 할아버지 묘만 바라보고 있었습니다.

"미안해요. 조금만 더 늦게 가셨으면……. 뭐가 그리 급해서 가 버려."

큰아빠의 말을 시작으로 다시 울음바다가 되어 버렸습니다. 큰아빠는 주섬주섬 유품을 모으고 불을 붙이기 시작했습니다.

"이제 그만 보내 드려."

고모들도 아빠도 할아버지께 잘 가라며 인사를 드렸습니다. 할아버지는 돌아가시기 전에 아파 병원에 입원하셨습니다. 큰집 식구들과 우리 식구들이 번갈아 가며 반찬을 해 병문안을 가곤 했습니다.

돌아가시기 전날 할아버지는 엄마에게 통장을 건넸다고 합니다. 애들한테 쓰라고, 고생했다고. 자식들도 많은데 왜 자기한테 주냐고 엄마가 묻자, 고맙다고, 할머니 때나 자기 때나 항상 엄마가 고생한다고. 시집와서 해 준 게 없다고. 자기 식구들한테는 말하지 말고 애들 잘 키우고 내일은 오지 말라고 하셨다 합니다. 엄마는 그 다음 날 어느 때와 마찬가지로 할아버지에게 가려고 반찬을 하다 병원에서 연락을 받고 아빠와 급히 가셨다고 합니다. 병실에 도착하자마자 의사는 5분만 일찍 오지 그랬냐며, 돌아가셨다 했고, 엄마는 울다 지쳐 쓰러지셨다 합니다.

할아버지는 살아계실 때 우리 집에서 거의 사셨습니다. 할아버지 옆에 누워 자던 날이 많이 그리울 것입니다. 큰아빠나 고모들보다 우리 가족을 더 좋아하셨던 할아버지. 옆 마을이어서 늘 운동 삼아 우리 집에 오셨던 할아버지. 우리를 양옆에 끼고 산책하시던 할아버지.

'할머니가 돌아가시고 난 뒤부터 우리 집에 더 자주 오시는 거 알았어요. 많이 힘드셨죠? 사람 없는 집에서 혼자 지내기가……. 할아버지랑 산책하던 초등학교도, 할아버지 집에 있던 여덟 그루 감나무도, 할아버지 집 다락방에 모여 놀았던 기억도, 몰래 사 오셨던 과자도, 용돈도 모두 잊지 못할 거예요.'

지금도 해남에 가면 할아버지 집을 봅니다. 집 가다 지나치는 산소에도 인사를 합니다. 저 왔다고. 보고 싶다고. 사랑한다고…….

할아버지와 나비

관광경영학과 정누리

이 일은 4년 전 내가 중3 때 있었던 일이다. 그때는 여름방학이었다. 나는 친구들과 이야기를 나누면서 웃고 떠들며 걸어가고 있었다. 휴대폰 벨이 울렸다. 휴대폰을 보니 아빠 전화였다.

"여보세요?"

"누리야, 어디야?"

"나 친구들이랑 놀고 있어. 왜?"

"외할아버지가 돌아가셨어. 순천으로 장례식장 가야 하니까 얼른 집으로 와."

나는 전화를 끊고 머릿속이 백지가 되어 곧장 집으로 가고 있었다. 집으로 가는 도중에 엄마 걱정이 많이 되었다. 많이 울고 있는 건 아닌가, 옆에서 어떻게 해 드려야 하나, 많은 생각이 들었다. 집에 도착해 문을 열고 들어섰다. 엄마 모습은 내 걱정과는 달리 울고 있지 않았고, 눈이 소금 충혈이 된 모습으로 분주하게 순천에 갈 준비를 하고 계셨다 .

나와 가족들은 순천으로 가는 차 속에서 별다른 말이 없이 조용히 두 시간 뒤에 도착했다. 장례식장에 도착하니 장례식 관계자 분이 옷을 갈아입으라고 해서 옷을 갈아입고 외할아버지 사진이 있는 곳으로 조용히 부모님을 따라가 절을 올렸다.

나는 어린 학생이다 보니 딱히 할 수 있는 게 별로 없고, 엄마 이모들 외할머니가 정신이 없고 바쁘셨기 때문에 손님상을 차리거나 치우고 청소 같은 걸 도와 드렸다. 3일 동안 장례식이 이루어졌는데 마지막 날 아침에 장례식 관계자 분이 알렸다.

"김영용 할아버님 작별 인사 하실 거예요. 할아버님 마지막 가시는 길 인사하실 가족 분들은 옆 호실로 오시면 됩니다."

가족들은 모두 옆 호실로 향하였다. 나는 장례식장에 올 때까지만 해도 눈물이 나지 않을 것 같았다. 그런데 할아버지 작별 인사를 하러 들어가는 순간 가족들과 나는 눈물이 안 날 수가 없었다. 왜냐하면 안치실에 가 보니 할아버지가 미소를 띠우며 가지런히 누워 계셨기 때문이다. 그 추운 곳에 할아버지가 누워 계신 걸 보니 눈물이 안 날 수가 없었다. 관계자 분은 가족들 앞에서 마지막으로 할아버지 몸을 닦고 면도도 하고 삼베를 입혀 드렸다.

"이제 할아버님한테 오셔서 인사 한마디씩 해 주세요."

외할머니는 울지 않고 계셨는데 인사를 하러 할아버지한테 가시더니 할아버지 얼굴을 쓰다듬으면서 "임자, 좋은 곳으로 편히 가소. 그땐 아프지 말고 건강하게 행복하게 사소." 인사를 남기면서 우셨다. 외할머니의 작별 인사는 나와 가족들한테 지금 이 순간이 진짜 할아버지와 마지막 인사인 것을 직감하게 했다. 그렇게 가족들과 할아버지의 작별 인사가 끝났다. 할아버지가 살았던 동네로 가서 인사를 드리는 것도 있다 해서 다 같이 버스를 타고 동네로 갔다. 갔더니 마을 회관에서는 할아버지 친구들과 이웃들이 다 나오셔서 할아버지 마지막 모습을 보려고 기다리고 계셨다.

그날은 비가 많이 왔는데 많은 분들이 오셔서 할아버지와 마지막 인사를 나눴다. 그렇게 다 같이 한 시간 동안 살던 집도 다녀오고 동네를 한 바퀴 돌고 나니 정말 이젠 헤어져야 할 시간이 온 거 같았다. 할아버지는 화장을 하지 않고 할아버지가 살았던 마을 윗산에 모셨다. 장례식이 끝나고 할아버지 물품을 정리하면서 가족들이 모여 이야기를 나눴다. 장례식을 하면서 정말 신기하면서도 슬픈 일이 있었다. 장례식 첫날 할아버지 영정 사진에 손바닥만 한 나비가 와서 앉았다.

사촌 오빠가,

"야, 저거 뭐야? 쫓아내 봐. 할아버지 사진에 뭐 있어!"

하자 나는,

"벌레잖아. 오빠가 처리해 무서워!"

했다. 그랬는데 어른들이 하나같이 모두,

"그거 그냥 둬. 죽이지 마! 쫓아내지도 말고!"

하셨다.

그래서 가만히 지켜보고 있는데 그 손바닥만 한 나비는 첫날부터 계속 할아버지 사진에서 날아가지 않고 있다가 장례식 마지막 날에 모두 나갈 때 그때 날아갔다. 가족들이 장례식 끝나고 이 이야기를 하는데 외할머니가 한마디 하셨다.

"그 나비 안 쫓아내길 잘했다. 뭔가 임자 나갈 때까지 지키고 있는 거 같아서 맘이 찡하네."

그 말을 듣고 나도 안 쫓아내길 잘했다는 생각이 들었다. 마치 그 나비가 할아버지 같았기 때문이다. 4년이 지난 지금 생각해 봐도 할아버지의 마지막을 지켰던 그 나비 일은 아직도 신기하고 지금까지 마음을 찡하게 하는 일이다.

할머니의 마지막 모습

음악학과 조미라

8년 전 초가을.

그날은 유독 그 어느 때보다 쌀쌀한 날이었습니다. 저녁밥을 먹고 소화도 시킬 겸 할머니 방으로 텔레비전을 보러 갔습니다. 할머니는 몇 년 전부터 치매를 앓고 계셔 어머니의 도움 없이는 일상생활조차 힘이 드셨고 시간이 흐를수록 병은 악화되었습니다.

그날도 여전히 어머니의 보살핌을 받고 주무시는데, 평소 할머니가 주무시는 거완 다르게 미동조차 하지 않고 주무시고 계셨습니다. 주무시는 할머니를 나도 모르게 불러 보았고, 돌아오는 대답은 침묵이었습니다. 나는 이상한 낌새를 느끼고 어머니를 불렀고 어머니는 할머니 코에 손을 대 보시더니,

"아빠한테 전화해서 얼른 집에 오시라고 해."

하고 다급하게 말씀하였습니다. 어머니가 직접 돌아가셨다는 말은 안 했지만 할머니가 돌아가셨다는 걸 느꼈고 서둘러 아버지에게 전화

했습니다. 아버지가 서둘러 회사에서 돌아오셨고 할머니를 보시더니 말없이 고개를 숙이셨습니다. 아버지는 한참 동안 고개를 드시지 않고 있다가 조심히 할머니 몸을 주무르셨고 굽은 할머니 몸은 아버지 손으로 서서히 펴지기 시작했습니다. 그렇게 한동안 주무르시던 아버지는 119를 불렀고, 아버지는 어머니에게 오늘 할머니가 이상하지 않았느냐며 물어보셨습니다. 어머니는 별일은 없었지만, 마지막 진지를 잡수실 때 '고생했어.' 하셨다고 했습니다.

119 차가 집에 도착했고 우리 가족은 할머니와 함께 장례식장으로 향했습니다. 그동안 묵묵하게 할머니를 지켜보셨던 아버지는 할머니의 영정 사진을 보시더니 눈물을 흘리면서 "죄송해요. 아프다고 했을 때 병원에 모셔갈걸. 그랬으면 좀 더 오래 사셨을걸." 하고 자책을 하셨습니다. 아버지는 눈물로 삼일장을 치렀고 잠도 주무시지 않았습니다.

그리고 나는 3일 내내 어떻게 이런 일이 있나 싶을 정도로 이상한 일을 겪었습니다. 할머니 냄새가 사라지지 않고 손끝에서 계속 났습니다. 나에겐 이 냄새가 났지만 다른 사람들은 맡지 못하는 냄새였고, 어머니는 내 이야기를 듣더니 "할머니가 잊지 말라고 하시나 보다." 하고 넘기셨습니다.

삼일장을 치르고 며칠이 흘렀습니다. 슬퍼했던 지난날을 잊고 살던 나에게 그날 저녁 할머니가 꿈에 나오셨습니다. 곱게 한복을 차려입으신 할머니는 영정 사진을 말없이 보고 계셨고, 할머니 옆에는 모르는 할머니가 서 계셨습니다. 무섭게 생기신 할머니를 보고 겁을 먹은 나에게 할머니는 머리를 쓰다듬어 주셨고, 할머니는 영정 사진을 한 번 더 보더니 그냥 가셨습니다.

다음 날 저녁 꿈에 할머니가 또 나오셨습니다. 나는 집 안에서 놀고 있다가 초인종 소리가 들리지도 않았는데 대문을 열었고, 대문 너머에는 할머니가 서 계셨습니다. 할머니는 평소에 즐겨 입으시던 옷을 입고 있으셨고, 나를 바라보며 웃고 계셨습니다. 할머니는 내 얼굴을 보시더니 웃으시곤 뒤돌아 가려고 하셨고, 나는 할머니를 붙잡곤 "할머니, 밥이라도 먹고 가." 하며 붙잡았습니다. 할머니는 그런 나에게 "내가 어떻게 집 안으로 들어갈 수 있겠냐?" 하며 단호하게 거절을 하고 가셨습니다. 할머니가 사시는 골목 너머에는 마을이 아닌 자욱한 흰 안개가 깔려 있었습니다. 안개 너머로 가시는 할머니를 보고 나는 따라나섰다가 할머니 손에 다시 이끌려 집 안으로 들어가게 되었고, 할머니는 "어디 가는 줄 알고 따라오느냐!" 하며 꾸짖으시더니 다시 가셨습니다.

그 이후 몇 년째 꿈에 나오시지 않던 할머니가 어느 날 본가 안에서 설거지를 하는 모습으로 나오셨고, 나는 한참을 멍하니 서 있다가 차디찬 물에 쪼그려 설거지를 하고 있는 할머니에게 "왜 이러고 앉아 있어. 죽었는데 뭐 하러 이런 걸 하고 있냐고!" 소리를 질렀습니다. 할머니는 천천히 일어나더니 알 수 없는 얼굴로 나를 보곤 사라지셨습니다. 그 이후 지금까지 한 번도 모습을 보여 주지 않으셨습니다.

마지막 할머니 모습을 생각하면 아직까지도 죄송한 마음이 듭니다. 나는 할머니가 꿈에 나와 웃어 주고, 머리를 쓰다듬어 주신 생각이 날 때마다 몇 년이 흐른 지금도 웃음이 나지만 마지막 꿈에 할머니를 다그쳤던 생각에 혹시나 할머니가 상처를 받지 않았나, 하는 마음을 갖게 되었습니다.

할아버지 죽음에 대한 기억

유아교육과 조아연

나는 지금까지 살면서 가까운 사람의 죽음과 장례식을 단 한 번밖에 경험하지 않았다. 그래서 할아버지가 돌아가셨을 때 있었던 일이 머릿속에서 잊히지 않는다. 내가 초등학교를 졸업할 때쯤 우리 외가쪽 친척들은 언제부터인가 명절이 있어도 많이 모이지 않았다.

그날도 여느 추석과 다를 바 없이 친척들은 전날 저녁에 잠깐 들러 얼굴만 비치고 가고 엄마와 나만 저녁까지 할머니 댁에 머물고 있었다. 나는 지루함을 달래기 위해 삼촌 방에서 텔레비전을 보고 있었다. 나는 무서운 것을 싫어해 코미디 프로그램을 보고 있는데, 삼촌이 실제 귀신을 본 사람들의 일화를 다루는 프로그램으로 돌려놓고 나를 놀렸다. 나는 화가 나고 무서워서 평소에 잘 오가지 않던 할아버지 방으로 들어가 텔레비전을 켰다. 할아버지는 조용히 앉아 계셨다. 그런데 할아버지 손 근처에 리모컨이 있었기 때문에 할아버지 손을 보게 되었다. 마디마디가 갈라진 붉은 손은 통통 부어 있었다. 나는 갓 중학생이었기에 그 손이 너무 무서웠다. 그래서 철없게도 할아버지 손에 내 손이 닿지 않으려고 노력하며 리모컨을 가져와서 텔레비전을 켰다. 방에는 텔레비전 소리만 들릴 뿐 할아버지도 나도 말이 없었다.

그때 삼촌이 "너 보고 싶은 것 봐라!" 하며 다시 코미디 프로그램으로 돌려 줬다. 나는 안 그래도 할아버지와 있는 것이 불편하고 어색해 텔레비전을 끄지도 않고 쪼르르 그 방에서 달려 나와 삼촌 방으로 들어갔다. 그 순간 '텔레비전을 끄고 나왔어야 하나? 할아버지한테 너무 무정하게 대했나? 인사라도 할걸…….' 하는 생각이 들었지만, 다시 돌아가기는 싫었다. 왠지 모르게 그 방에서는 소독약 냄새가 나는 것 같고 습하고 어두운 느낌이 들었기 때문이다. 그래서 잠깐 고민을 하다가 그냥 방문을 닫아 버렸다. 그리고 곧 할아버지가 텔레비전을 끄는 소리가 났고 나는 삼촌 방에서 텔레비전을 보다가 잠이 든 것 같다.

얼마쯤 지났을까? 할아버지 방 미닫이문이 열리는지 닫히는지 삐걱거리는 소리에 잠이 깼다. 어떻게 설명해야 할지 모를 분주함이 느껴졌다. 그때 방문이 열렸다. 삼촌이었다.

"깼냐? 할아버지가 돌아가셔서 나가 봐야겠으니까, 너는 여기 있어라."

갑작스럽고 당황스러웠다. 내가 고개를 끄덕이자 삼촌은 더 자고 있으라며 방문을 닫고 나갔다. 나는 가만히 앉아 방문 밖에서 나는 소리에 귀를 기울였다. '쾅!' 하고 대문이 닫히는 소리와 함께 나는 혼자 남겨졌다. 무서워 텔레비전을 틀려고 리모컨을 찾는데, 아까 봤던 할아버지 손이 생각났다. 텔레비전 내용이 하나도 눈에 들어오지 않았다. 그렇게 어른들이 돌아올 때까지 밤을 지새운 것 같다.

그다음 날이 추석날이었다. 나는 생전 처음 장례식장에 가게 되었다. 나는 낯선 곳에 적응하지 못해 구석에 앉아 사람들을 지켜보았다. 오랫동안 보지 못했던 친척들 얼굴이 하나둘 보였다. 할아버지가 돌아가시자 그제야 모두 모이게 된 것이다. 이모, 이모부, 삼촌, 외숙모, 사촌 언니 오빠들……. 외숙모와 이모들은 음식을 준비하고 나르며 손님들 챙기기에 바빴고 모르는 사람이 많이 찾아와 오랜만에 만난다며 웃으면서 인사하고 반가워했다.

나는 너무 놀랍고 충격적이었다. 내가 생각한 장례식은 아주 엄숙하고 조용하고 모두가 슬퍼하며 우울한 분위기일 줄 알았는데 아무도 울지 않았다. 오직 할머니만 할아버지 분향소 커다란 화환 꽃 뒤에 숨어 우셨고, 다들 자기 일에 바빠서 그런 할머니를 보지 못했다. 그러다가 우리 엄마가 "오메, 우리 엄마 우네." 하면서 할머니를 다독였는데, 친척들은 아이고 소리를 내며 안쓰러운 듯한 쓴웃음을 지을 뿐 아무도 울지 않았다. 9남매 중 누구도 그 자리에서 울지 않았다. 단 한 사람도 말이다.

장례식을 치르고 우리는 할아버지 묏자리를 보러 갔다. 장례식을 치른 병원에서 그리 멀지 않은 공동묘지였던 것 같다. 친척들은 할아버지 묘 옆에 할머니를 모셔야 한다며 이 자리를 살 것인지 말 것인지 의논하고 있었다. 할머니가 그 옆에 서 계셨는데도 말이다. 나는 어린데도 갑자기 늙고 싶지 않았다. 자식을 낳고 싶지 않다는 생각도 한 것 같다. 그런 이야기를 하는 어른들이 너무 이상해 보이고 이해가 가지 않았다. 그리고 평소 같았으면 간식을 먹고 잠을 잤을, 집으로 돌아가는 차 안에서 창밖을 바라보며 많은 생각을 했다.

내가 초등학생일 때만 해도 할아버지는 건강하셨다. 친척 언니와 함께 할아버지를 놀라게 하면 이 녀석들 이리 오라며 효자손을 가지고 우리를 쫓아오며 놀아주시던 할아버지가 아직도 기억이 나는데 삶이 이렇게 허무할 수가 없었다. 어른들이 왜 울지 않는지, 어린 시절 가난한 환경 때문에 자식들에게 애정과 사랑을 줄 수 없었고, 먹고살기에 바빠 잘 챙겨 주지 못해서 어른들이 부모에 대한 애정이 없는 것인지, 그래서 할아버지의 죽음에 의연한 것인지, 아니면 애써 의연한 척을 하는 것인지 알 수 없다.

얼마 뒤 이모와 엄마가 꾼 완전히 대비되는 꿈 이야기도 신기해서 아직도 잊히지 않는다. 이모는 할아버지가 아주 괴로운 표정으로 살려 달라고 소리를 지르셨다고 했고, 엄마는 할아버지가 신선처럼 누워서 부채질하며 온화하게 웃고 있었다고 한다. 나는 내 꿈에 할아버지가 나오지 않기를 바랐다. 어떤 모습이든 죽은 사람이 꿈에 나온다는 것은 무섭기 때문이다. 그리고 이제는 할아버지 기일 때문에라도 추석만큼은 가족끼리 모였으면 하는 마음이었다. 너무 갑작스럽게 돌아가신 것은 아닌지, 손녀가 자신을 무시한다고 생각하셔서 상처를 입으신 것은 아닌지, 아직도 마음에 걸리고 후회스럽다. 아직도 가끔 그때 기억이 난다. 그 때문일까? 피치 못할 것을 알지만, 나는 지금도 다시는 가까운 사람의 사망 소식을 듣고 싶지도, 장례식에 가고 싶지도 않다.

담배 냄새가 아빠를 뒤덮고 있어도
그 안에서 아빠의 냄새를 맡을 수 있었습니다.
울지 말라며 머리를 쓰다듬어 주시던 아빠.
위로를 받는 순간 더 서럽게 울어 버렸습니다.
위로 받을 사람은
내가 아니라 아빠이기에.
어떻게 어른들을 위로해 줘야 하는지 알 수 없기에
그냥 아빠를 꼭 안고 펑펑 울기만 했습니다.

할머니가 돌아가시고 난 뒤부터
우리 집에 더 자주 오시는 거 알았어요.
많이 힘드셨죠?
사람 없는 집에서 혼자 지내기가…….
할아버지랑 산책하던 초등학교도,
할아버지 집에 있던 여덟 그루 감나무도,
할아버지 집 다락방에 모여 놀았던 기억도,
몰래 사 오셨던 과자도,
용돈도 모두 잊지 못할 거예요.

사이사이의 힘 청년문고1

대학에서 일군 삶을 가꾸는 글쓰기
우리네 마음속에는 이야기가 산다

1판 1쇄 2017년 9월 29일
글쓴이 광주대학교 1학년 학생 58명 | 엮은이 김찬곤
본문 그림 김완서·김민서

펴낸이 김두레 | 펴낸곳 상상의힘 | 편집 김찬곤 | 디자인 design S
인쇄 예림인쇄 | 등록 제2010-000312호(2010년 10월 19일)
주소 150-866 서울시 영등포구 선유로 49길 23 IS비즈타워 2차 1503호
전화 070-8818-5910 | 팩스 0505-999-5910
전자우편 kkamtul@naver.com

ISBN 978-89-97381-54-8 03810

이 도서의 국립중앙도서관출판사도서목록(CIP)은 서지정보유통지원시스템
홈페이지 (http://seoji.nl.go.kr)와 국가자료공동목록시스템(http://www.nl. go.kr/kolisnet)에서
이용하실 수 있습니다.(CIP2017024893)

값 12,000원